AF001692

Die Erzählungen von Klaus Schuker haben es in sich: Angler, die sich in Regenwürmer verwandeln, Kinder, die ihre Tanten vom Dach stürzen, Frauen, die sich Leichen stricken – quer durch alle Generationen wird gemordet, von grausam bis heimtückisch, von bizarr bis skurril. Die Geschichten fangen harmlos an, bis sie dann in ein unerwartetes Finale münden und dem Leser kräftige Schauder über den Rücken jagen.

Klaus Schuker blickt tief in die Abgründe des menschlichen Handelns: Rache, enttäuschte Liebe und Schuld treiben die Personen an. Oder hatte am Ende doch der Zufall seine Hand im Spiel? »In einer Welt der Täuschungen ist alles möglich«, erklärt einer der Protagonisten. Und tatsächlich verwischen immer wieder die Grenzen von Phantasie und Realität. Das hält den Leser in einer Spannung, die mit einer gehörigen Portion Humor gewürzt ist.

Klaus Schuker, 1959 in Ravensburg geboren, war zwölf Jahre Polizeibeamter. Seit 1989 lebt er als freier Schriftsteller in Berg bei Ravensburg. Neben zahlreichen Veröffentlichungen in Zeitungen und Zeitschriften veröffentlichte er 2000 seinen ersten Kriminalroman »Trau keiner Leiche«, dem 2002 der Kriminalerzählungenband »Tanten leben auch nicht ewig« folgte. Sehr wichtig ist auch seine literarische Arbeit mit Kindern und Jugendlichen in Schulen. (www.klaus-schuker.de).

Klaus Schuker
Kaugummi für eine Leiche
Kriminalgeschichten

verlag
der
criminale

Weitere Informationen über den Verlag und sein Programm unter:
www.verlag-der-criminale.de

Bibliographische Information der Deutschen Bibliothek

Die Deutsche Bibliothek verzeichnet diese Publikation in der Deutschen Nationalbibliographie; detaillierte bibliographische Daten sind im Internet über <http://dnb.ddb.de> abrufbar.

März 2005
Verlag der Criminale
Ein Books on Demand-Verlag der Buch&media GmbH, München
© 2005 Buch&media GmbH (Verlag der Criminale)
Umschlaggestaltung: Kay Fretwurst, Freienbrink
unter Verwendung eines Entwurfs von Bauer+Möhring, Berlin
Herstellung: Books on Demand GmbH, Norderstedt
Printed in Germany · ISBN 3-86520-106-7

Inhalt

Mama mag dich	7
»… kein Mann hält das aus, Linda!«	11
Kornbad und das schwarze Auto	16
Ausgleich?	21
Das mißlungene Herz	22
Ein Besucher mit Vergangenheit	25
Eine kopflose Entscheidung	30
Und dann war es eine Katze …	33
Hotel	37
Alte Liebe	38
Marlene strickt eine Leiche	40
Ich habe sie fortgeschickt	43
Serie	45
Was Herr Ernst auf den Tod nicht ausstehen kann	46
Letzte Zuflucht	49
Drei Leichen ohne Führerschein	52
Charons Picknick	56
Das seltsame Verschwinden eines Regenwurms	60
Die Rotweinflasche	62
Der Spiegel	63
Luckows Pein	70
Saubere Arbeit	78
Kikeriki	83
Tanten leben auch nicht ewig	84
Pampers gegen Madonnas	87
Das Wirtshaus mit den Totenmasken	90
Siegfried und die Wahrheit	95
Nächtliche Stampede	97
Das Gewinnspiel	98
In eine andere Stadt	110
Kaugummi für eine Leiche	116
Ausreichend	119
Die gestohlene Stimme	120
Rohmings Blick in den Spucknapf	124
Falsche Farbe, falscher Platz	128
Ein guter Rat	132

Für Herrn Prof. Norbert Feinäugle in freundschaftlicher Verbundenheit für seine unerschrockene Bereitschaft, mir dabei zu helfen, ein sehr guter Geschichtenerzähler zu werden.

Mama mag dich

»Begreif doch endlich, daß deine Mutter nichts mehr mitbekommt! Daß ihr Gehirn nur noch ein Haufen Matsch ist und sie es nicht einmal mehr registrieren wird, wenn ich dabei bin.«

»Aber gerade deshalb kannst du doch mitgehen. Ich meine, wir sind die einzigen, die sie besuchen.«

»Was soll diese Gefühlsduselei? Im letzten Jahr war ich immerhin zweimal bei ihr. Und hat sie mich da auch nur ein einziges Mal erkannt?«

»Nein, das …«

»Also, siehst du! Außerdem wollen wir uns doch nichts vormachen: Ich bin nicht gerade ihr Lieblingsschwiegersohn.«

»Das stimmt nicht. Mama mag dich. Aber du hast dir ja noch nie richtig Mühe gegeben, sie an dich heranzulassen.«

»Sicher, damit sie mich ebenso aussaugt wie alle anderen.«

Juliane drehte sich um. Sie wollte nicht, daß Horst ihre Tränen sah.

»Da brauchst du nicht zu heulen, Lia.« Wie üblich hatte er auch jetzt wieder ihre Schwäche erkannt. Die Schwächen anderer zu erkennen, dafür war er Spezialist. Ebenso Spezialist wie für das Ausnützen derselben.

»Doktor Fahrberg hat aber erst letzte Woche wieder gesagt, daß regelmäßiger Besuch für Mutter wichtig sei. Für alle Menschen wichtig ist, die an dieser Krankheit leiden.«

»Ach, red doch keinen Unsinn, Lia. Ich bitte dich. Doktor Fahrberg sagt das doch nur, damit du dir kein schlechtes Gewissen zu machen brauchst.«

»Wieso schlechtes Gewissen? Was meinst du damit?«

»Du weißt genau, was ich damit meine.«

»Nein, das weiß ich nicht, Horst. Also erkläre es mir bitte.«

»Mensch, Lia, müssen wir diese Diskussion ständig aufs neue führen? Außerdem muß ich jetzt gehen. Bin sowieso schon zu spät dran. Und nur, damit ich nicht wieder der Sündenbock bin: Ja, ich werde heute mitgehen. Aber das ist das letzte Mal, das sag' ich dir.«

Horst gab sich keine Mühe, seine Abneigung zu verbergen. Als ein alter Mann auf ihn zukam, gebeugt wie ein geknickter Strohhalm, wich er sofort aus und ließ ihn ins Leere laufen. Der Alte blieb enttäuscht stehen, drehte sich langsam um und begriff nicht, was soeben geschehen war – so schnell geschehen war.

»Er tut dir doch nichts«, sagte Juliane und schmunzelte, dies wohlweislich vor ihm verbergend.

»Das weiß ich auch. Aber ich habe keine Lust, mich von jedem hier drinnen angrapschen zu lassen.«

Durch die normale Altenstation hindurch kamen sie zur Tür der geschlossenen Abteilung, in der ihre Mutter untergebracht war. Nachdem Juliane geklingelt hatte, dauerte es nicht lange, bis ihnen geöffnet wurde. Eine schlanke, großgewachsene Frau mit freundlichem Gesichtsausdruck öffnete ihnen und begrüßte sie lächelnd.

»Ach, Ihr Mann ist heute auch dabei. Das ist schön.«

»Ja, er …« Juliane wollte etwas Nettes sagen, etwas, das Horst in einem guten Licht gezeigt hätte. Doch ihr fiel nicht das Richtige ein und deshalb war sie froh, daß die Pflegerin sofort weitersprach.

»Ihre Mutter und die anderen freuen sich jedesmal so sehr, wenn Sie uns besuchen kommen.«

Unwillkürlich warf Juliane ihrem Mann einen schnellen Blick zu. Horst verdrehte mißmutig seine Augen.

»Ja, ich finde es auch immer schön«, sagte sie zu der Frau. Sie sagte es leise. Hinter ihnen drückte die Frau die Tür wieder ins Schloß. »Wie geht es ihr heute?«

»Gut. Sie hat heute sogar zwei Teller Suppe gegessen.«

»Wie schön.«

»Hab' ich Ihnen eigentlich schon gesagt, daß Ihre Mutter jedesmal dann alles leer ißt, wenn Sie sie besuchen kommen?«

»Nein.«

»Gerade so, als ahnte sie, daß Sie kommen.«

»Meinen Sie?«

»Natürlich! Sie dürfen nicht vergessen, daß Ihre Mutter nicht dumm ist. Und diese Krankheit hält immer wieder Überraschungen bereit, die manchmal beinahe an ein Wunder grenzen. Aber jetzt laß' ich Sie beide allein mit Ihrer Mutter. Da drüben sitzt sie.«

Sie zeigte auf eine kleine mollige Frau um die Siebzig, die allein auf einem alten, durchgesessenen Sofa mit grünem Stoffbezug saß. Neben dem Sofa stand eine Kiste leerer Mineralwasserflaschen, die offenkundig zur Abholung bereitstand. Als sie auf Julianes Mutter zugingen, wich Horst abermals einem Freudenangriff aus. Dieses Mal war es eine alte Frau mit zerzauster Frisur, aus deren linkem Mundwinkel Speichel rann. Die regelmäßigen Besuche bei ihrer Mutter hatten Juliane inzwischen solchen Erscheinungen gegenüber abgehärtet.

»Hallo, Mama«, begrüßte sie ihre Mutter, die langsam den Kopf anhob. Juliane sah ihrem Gesichtsausdruck an, wie es in ihr arbeitete, wie sie eine der vielen verschütteten oder gar verlorengegangenen Erinnerungen auszugraben versuchte. Ein zufriedenes Lächeln verriet ihr, daß es ihr schließlich gelungen war.

»Schau, Mama, Horst ist heute mitgekommen. Er wollte dich wiedersehen.«

Juliane zeigte mit ihrer rechten Hand auf Horst, der sich immer wieder mißtrauisch vergewisserte, daß nicht eine neuerliche Attacke durch einen der anderen Bewohner erfolgte. Julianes Mutter war anzusehen, daß sie zum zweiten Mal den Kampf um ihre Erinnerungen aufgenommen hatte. Dieses Mal verlor sie. Trotzdem dauerte es nur Sekunden, bis sie sich ein wenig nach vorne beugte und Horsts linke Hand ergriff. Dieser zuckte zusammen und wollte seine Hand reflexartig zurückziehen, konnte diesen Impuls aber im letzten Moment unterdrücken. Ein seliges Lächeln dankte ihm.

»Freust du dich, Mama?«

Ihre Mutter zeigte keine Reaktion auf diese Frage, hatte nur weiterhin dieses selige Lächeln im Gesicht.

»Nicht wahr, Mama: Du magst Horst?«

»Was soll das Theater?« fuhr Horst seine Frau an und entzog ihrer Mutter mit einem Ruck seine Hand. Sofort verdunkelte sich die Miene der alten Frau, und das Lächeln machte einer unbestimmbaren Trauer Platz.

»Jetzt sei doch nicht so barsch«, forderte Juliane ihn flüsternd auf. »Sie hat dir doch nichts getan.«

»Sie nicht, das stimmt!« erwiderte er und verschränkte die Arme vor seiner Brust.

Minutenlang herrschte Stille zwischen ihnen. Zweimal kamen ein alter Mann und die Frau mit dem Speichelfluß zu ihnen her und zogen zufrieden wieder von dannen, nachdem Juliane ein paar nette Worte mit ihnen gewechselt hatte. Danach erzählte sie ihrer Mutter, was sich in den letzten Tagen alles ereignet hatte. Es war nicht ersichtlich, welche von diesen Informationen in das Bewußtsein der alten Frau eindrangen. Wenig später bat Juliane Horst, kurz auf ihre Mutter aufzupassen.

»Ich muß mal dringend«, fügte sie erklärend hinzu. Seiner Miene war zu entnehmen, daß er ihr kein Wort glaubte. Doch er blieb mit verschränkten Armen stehen, so daß es so aussah, als würde er seine Schwiegermutter bewachen. Kaum aber war Juliane um die Ecke verschwunden, kam Leben in die alte Frau. Mit erstaunlich fließenden Bewegungen stand sie auf und beugte sich über die Wasserkiste, die sie mit ihren dünnen Armen hochzuheben versuchte. Es gelang ihr nicht. Horst schaute ihr ungerührt zu. »Lieber begrapscht sie die Flaschen, als mich«, dachte er. Deshalb störte ihn auch das leise Stöhnen nicht, das die alte Frau bei ihren erfolglosen Bemühungen von sich gab. Als sie freilich begann, die ersten Flaschen herauszunehmen, wurde es ihm zu dumm. Schließlich wollte er sich nicht auch noch das von Juliane vorwerfen lassen.

»Was willst du denn mit der Kiste?« fragte er die alte Frau und versuchte zugleich, ihr die beiden Flaschen abzunehmen. Als sie sich dagegen wehrte, ließ er es bleiben. »Wo soll ich diese verdammte Kiste hinstellen?«

Sie sagte nichts.

»Dann mach wenigstens Platz, daß ich sie hochheben kann.«

Sie blieb stehen, bis er sie schließlich beiseite schob, um die Kiste aufzunehmen. Als er sich nach unten beugte, traf ihn ein Schlag auf den Hinterkopf, Glas splitterte, ein zweiter Schlag folgte und dann wurde es dunkel um ihn.

»Ach, Sie sind es!« begrüßte die schlanke, großgewachsene Frau mit ihrem freundlichen Gesichtsausdruck Juliane, als sie diese erkannte. »Da werden sich Ihre Mutter und Ihr Mann aber freuen.«

Juliane nickte, tauschte noch ein paar Höflichkeiten aus und ließ sich danach von der Frau zu ihrer Mutter und Horst bringen. Wie üblich saßen die beiden auf dem Sofa mit dem grünen Stoffbezug. Ihre Mutter verfiel zusehends. Trotzdem hatte sie ihr gewohnt seliges Lächeln im Gesicht. Links neben ihr saß Horst mit stumpfem Gesichtsausdruck. Aus seinem linken Mundwinkel rann Speichel. Seine rechte Hand war fest in den kleinen Händen ihrer Mutter verankert.

»Es war wirklich eine gute Entscheidung von Ihnen, auch Ihren Mann hier bei uns unterzubringen. Sehen Sie, wie die beiden sich mögen? Auch wenn es natürlich schon tragisch ist, wie es dazu kam.«

»... kein Mann hält das aus, Linda!«

Der Mann schlug die Fahrertür hinter sich zu und eilte auf das »Grüne Horn« zu. Er hatte die Tür noch nicht erreicht, als aus seinem gelben Lincoln eine Frau ausstieg. Ihr hochroter Kopf stand in auffälligem Kontrast zu ihren blonden Haaren. Sie mochte um die Vierzig sein, vielleicht auch älter.

»Bleib stehen, du Waschlappen!« schrie sie dem Mann nach, der soeben die Tür zum »Grünen Horn« öffnete. Er sah nicht so aus, als ginge er öfter in Kneipen wie das »Grüne Horn«.

Kronn hatte die ganze Szene vom Tresen aus beobachtet. Es war elf Uhr morgens, und die Sonne beschien den Unterbau des Tresens auf seiner ganzen Länge. Kronn saß am Kopfende. Dort war sein Stammplatz. Von dort aus hatte er den Überblick. Die grelle Stimme der Blondine hatte sich mühelos durch den schmalen Spalt eines der gekippten Fenster gedrängt. Noch bevor der Mann sich überhaupt orientieren konnte, flog die Tür bereits auf, und die stürmische Dame kam herein. Kronn war sich nicht sicher, ob sie tatsächlich eine Dame war. Aber eines sah er sofort: Das Blond ihrer Haare war nicht echt. Kronn lächelte.

»Du glaubst wohl, du könntest mir entkommen, indem du dich in diese Spelunke flüchtest, was! Aber da täuschst du dich.«

Kronn warf Bernie einen schnellen Blick zu. Der jedoch lehnte immer noch gelangweilt vor dem großen Spiegel der Thekenrückwand. Kronn erkannte das kaum wahrnehmbare Lächeln um seine Lippen. Er wußte, wenn Bernie so lächelte, konnte ihn nichts aus der Ruhe bringen.

»Was willst du von mir, Linda?« Der Mann sprach mit leiser Stimme Kronn fragte sich, ob sie von Natur aus so leise war oder ob er sich nicht getraute, lauter zu sprechen. Nun, er würde es erfahren.

»Eine Antwort will ich von dir, du Waschlappen. Eine Antwort!«

Lorenz Caspert, der vier Hocker von Kronn entfernt an der Längsseite des Tresens saß, hatte sich längst den beiden Streitenden zugedreht. Lorenz war verheiratet, hatte fünf Kinder und eine liebe Frau, Maggie. Er war ein Schrank von einem Mann und konnte zupacken, daß es einem weh tat. Außer Maggie gab es nur zwei Menschen in Pellberg, vor denen Lorenz Respekt hatte: Ferdi Fahrens, Kronns Freund, und Kronn selbst.

»Wenn ich als halber Krüppel durch die Gegend laufen müßte, würde ich mich aufhängen, Kronn. Aber nicht, weil ich was gegen Krüppel habe. Nein, es ist nur so, daß ich das nicht aushalten könnte. Also, nimm mir das mit dem Krüppel bitte nicht übel, Kronn. Du weißt, wie ich es meine.«

»Ja, Lorenz, ich weiß es. Und ich nehme es dir nicht übel. Am Anfang, nachdem es passiert ist, habe ich auch daran gedacht. Ich meine, Aufhängen und so. Danach habe ich jedem meine Rechte in die Fresse gedrückt, der mich darauf anquatschte. Er brauchte mich nicht mal zu beleidigen. Ich wollte es nur nicht hören.«

»Das kann ich verstehen, Kronn. Würde mir wahrscheinlich auch so gehen.«

»Ja, vielleicht. Aber weißt du, Lorenz, man hat nicht viele Freunde, wenn man jedem eine einschenkt, der auch nur einen Blick auf deine schwache Stelle wirft. Also habe ich auch das bleiben lassen. Es bringt nichts. Außerdem …«

»Na, nun mach mal halblang. Über Prügeleien kannst du dich ja auch heute wohl nicht beschweren. Und du bist gut, vor allem mit deiner Linken.«

»Manchmal geht es eben mit mir durch.«

So oder so ähnlich verliefen ihre Gespräche jedesmal. Kronn hatte sich daran gewöhnt. Trotzdem mochte er Lorenz. Wenn sich jeder so um seine Familie kümmern würde, wie Lorenz es tat, gäbe es in Pellberg nicht diese Flutwelle von Scheidungen. Immer mehr hielten es immer weniger mit ihren Partnern aus. Gut, Kronn konnte das durchaus verstehen. Er hatte nie geheiratet und würde nie heiraten. Auch wenn Melina ihn noch so oft darum bat. Zumindest früher hatte sie das getan. Seit ein paar Jahren hörte er in dieser Richtung nichts mehr von ihr. Aber ihre Blicke sagten genug.

»… kein Mann hält das aus, Linda.«

»Ach, und du willst also ein Mann sein, Hubert?« Der sarkastische Unterton in ihrer Stimme war nicht zu überhören.

»Wollen Sie beide was trinken?« fragte Bernie in die darauffolgende Pause. Er lächelte immer noch. »Besonders groß ist die Auswahl in meiner ›Spelunke‹ natürlich nicht.«

Die Blonde schaute ihn an, als überlegte sie, worauf Bernie wohl anspielte.

»Ja, bitte, einen Whisky«, forderte Hubert.

»Was, du trinkst einen Whisky?« Die Blondine starrte Hubert ungläubig an. »Seit wann das?«

»Schon immer, wenn du's genau wissen willst.« Hubert hatte seine Stimme ein wenig angehoben.

»Du lügst, Hubert. Du hast noch nie Whisky getrunken. Du verträgst ihn nämlich nicht.«

»Na, dann trinke ich eben jetzt einen.« Hubert reckte sein Kinn in die Höhe und warf einen schnellen Blick in die Runde. Er fühlte sich sichtlich unwohl in seiner Haut. Um diese Zeit war rund die Hälfte der Tische im »Grünen Horn« besetzt. Kronn kannte die meisten der anderen Gäste.

»Dürfen Sie nun einen Whisky trinken, oder soll's was anderes sein?«

Bernie hatte es bewußt beiläufig gefragt, zugleich Kronn jedoch einen amüsierten Seitenblick zugeworfen. Dem Mann schoß die Röte in sein pausbackiges Gesicht. An einem der Tische lachte jemand.

»Natürlich darf ich einen Whisky trinken! Was soll die Frage? – Ich brauche dazu niemanden um Erlaubnis zu bitten.«

»Sicher brauchen Sie das nicht zu tun. Zumindest nicht mich.«

»Sie nicht und auch sonst niemanden.«

Hubert war wütend geworden; seine laute Stimme verriet ihn. Die Blondine stand etwa zwei Schritte hinter ihm. Hubert wandte ihr den Rücken zu. Sie schien verwirrt zu sein und schaute unsicher von Bernie zu Huberts Rücken und von diesem zu Lorenz und Kronn. Kronn griff sein Glas und nahm einen Schluck Bier. »Schon lange nicht mehr soviel los gewesen an einem Samstagmorgen«, dachte er und stellte das Glas wieder auf den Tresen.

»Und Sie, meine *Dame*? Was trinken Sie?«

»Eine Cola. – Geben Sie mir bitte eine Cola.«

»In Ordnung.«

Bernie schenkte zuerst den Whisky ein.

»Mehr! Schenken Sie ruhig mehr ein, Wirt«, forderte Hubert mit immer noch hochrotem Gesicht. Bernie tat, wie ihm geheißen. Dann stellte er das Glas vor Hubert auf das blankpolierte Holz. Hubert nahm es in seine Rechte, hob es an – und hielt inne. Kronn erkannte feine Schweißperlen auf seiner Stirn. Und noch etwas fiel ihm auf: Im »Grünen Horn« war es absolut still geworden. Ein Blick in die Runde zeigte ihm, daß sich alle auf das bevorstehende Schauspiel konzentrierten.

»Laß das doch sein, Hubert«, bat Linda in diesem Moment ihren Begleiter. Sie flüsterte es beinahe, doch jedermann konnte es in der Stille deutlich hören.

»Nein, ich laß es nicht sein!« Hubert schrie. Linda zuckte zusammen. Lorenz warf Kronn einen vielsagenden Blick zu. Kronn erwiderte ihn mit einem Lächeln. Da setzte Hubert das Glas an. In einem einzigen Zug schüttete er die goldgelbe Flüssigkeit in sich hinein. Kronn entdeckte an seinem Hals, knapp unterhalb seines ausgeprägten Kehlkopfs, eine Kratzwunde. Sie schien noch ziemlich frisch zu sein. Draußen fuhr ein Auto vorbei, gefolgt von einem Lieferwagen, der zu »Mildners Fish-Shop« gehörte. Dann kehrte die Stille zurück. Alle starrten mit angehaltenem Atem auf Hubert. Der hatte die Augen geschlossen, das Glas auf den Tresen zurückgestellt und stand kerzengerade im Mittelpunkt der Aufmerksamkeit. Die Sekunden verrannen, schwappten über in eine Minute. Huberts Gesicht war schweißnaß. Aber er hustete nicht.

Sekunden später machte Linda auf dem Absatz kehrt und ging hinaus, ohne das Glas Cola überhaupt angesehen zu haben. Die hinter ihr zufallende Tür löste die Spannung im Inneren.

»Die Cola bezahle ich«, sagte Hubert. Kronn hörte den Stolz in seiner Stimme.

»Ist nicht nötig«, sagte Bernie. »Geht auf Rechnung des Hauses. Ihr Whisky ebenfalls.«

Hubert gewann allmählich seine normale Gesichtsfarbe zurück. Er lächelte.

»Wollen Sie noch einen?« fragte Bernie.

»Nein, danke, besser nicht. Einer um diese Zeit reicht wohl.«

»Wie Sie wollen. Ist Ihre Entscheidung.«

»Ein Bier könnten Sie mir noch geben.«

Bernie schenkte ein Bier ein. Unterdessen ging die Tür auf. Melina kam herein. Kronn hatte sie nicht erwartet. Er freute sich trotzdem, sie zu sehen. Anmerken ließ er es sich freilich nicht.

»Hallo, Melina«, begrüßte Bernie sie. Die anderen, die sie kannten, nickten ihr zu. Auch Lorenz hatte sich wieder umgedreht. Nichts erinnerte mehr an die Spannung, die vor kurzem noch geherrscht hatte.

»Hallo, Bernie«, sagte Melina. Sie blieb mitten im Raum stehen und schaute sich um. Kronn wunderte sich bereits.

»Gehört irgend jemand zu der Frau da draußen in dem Lincoln?«

»Meinst du die Blondine?« fragte Willi Dorment, der säbelbeinige Siebzigjährige. Er saß neben zwei anderen an einem der Tische unweit des Eingangs.

»Ja.«

»Was ist mir ihr?« Es war Hubert, der diese Frage stellte und sich dabei umdrehte. Er schien ein wenig nervös zu sein.

»Ich glaube, es geht ihr nicht so gut«, sagte Melina und fixierte den Mann vor sich mit einem scharfen Blick, wie nur sie es konnte. Kronn lächelte in sich hinein.

»Außerdem weint sie.«

»Nun, soll sie.« Huberts Stimme klang etwas unsicher.

»Gehen Sie immer so mit Ihrer Frau um?«

Hubert zögerte.

»Wir sind nicht verheiratet. – Sie kann tun und lassen, was sie will.«

»So, sie kann also tun und lassen, was sie will. Und Sie können ihr einfach weh tun, wie und wann Sie wollen? Wollen Sie das damit sagen?«

Kronn entging nicht, wie Melinas Körper sich spannte. Hubert hingegen sah sie erstaunt an. Er schien nicht recht zu wissen, was er darauf antworten sollte.

Kornbad und das schwarze Auto

Der Regen hatte endlich aufgehört. Drei Tage lang nur Wasser, Wasser, Wasser. Die Sonne verscheuchte die letzten Wolken, ließ die verdunstenden Wasserlachen ein letztes Mal glitzern.

Kornbad holte die zweiläufige Schrotflinte aus dem Futteral, das neben der Haustür hing. Er kippte den Lauf nach vorne. Sie war geladen. Sie war immer geladen. Kornbad wußte es und schaute trotzdem jedesmal aufs neue nach, bevor er zu seinen Kontrollfahrten aufbrach. Doch an diesem Freitag tat er es mit einem ungüten Gefühl. Irgend etwas war im Anzug. Kornbad schaute zum Fenster hinaus. Vielleicht rührte das ungute Gefühl vom schlechten Wetter her. Aber jetzt schien die Sonne. Und in den letzten Tagen war nichts passiert. Doch das Gefühl blieb.

Kornbad öffnete die Tür, trat ins Freie, schloß hinter sich ab, wodurch er gleichzeitig die Alarmanlage scharfmachte. Er ging hinter das kleine Haus zu dem überdachten Stellplatz, wo der alte Mercedes 230 CE stand. Kornbad musterte den dunkelblauen Lack. »Wie neu«, dachte er, »es geht eben nichts über eine gute Pflege.« Das hatte sein Vater immer gesagt. Er hatte recht gehabt. Und ihm am Sterbebett das Versprechen abgenommen, den Wagen weiterhin so zu pflegen, wie er es getan hatte, und somit auch seine Eltern in Ehren zu halten. Dann hatte er genug gehabt, auf den Knopf gedrückt und war gestorben. Seine Frau war ihm ein Jahr später gefolgt, weil sie, wie sie sich ausdrückte, keine Lust hatte, allein ins nächste Jahrtausend zu gehen. Nur noch vier Monate hatten ihr dazu gefehlt. Einen anderen Mann zu ehelichen war ihr nicht in den Sinn gekommen. Es hatte sie bereits Überwindung gekostet, sich einmal an einen Mann zu binden. Die Frauen waren damals vor zehn Jahren so gewesen.

Kornbad schloß den Wagen auf, stieg ein, steckte die Schrotflinte in die Halterung auf dem Fußboden des Beifahrersitzes, von wo er sie blitzschnell herausreißen und benutzen konnte. Dann startete er den Motor und fuhr ins Freie. Als die Sonne ihn blendete, klappte er die Sonnenblende herunter. Es nützte nicht viel, da die Strahlen genau auf die Motorhaube knallten und von dort in seine Augen. Er lenkte den Mercedes nach links, so daß die Sonne nun auf die Beifahrerseite fiel. Er hielt an. Zwischen Motorhaube und Sonnenblende schaute er wie durch ein zu großes Visier auf das weite Land vor sich. Er sah die verdampfende Nässe in der Luft schweben, in weiter Ferne das Haus seines Nachbarn Becker und überall die Satellitenschüsseln auf den zehn Meter hohen und mit Elektrozäunen gesicherten Podesten. Hier draußen, wo alles topfeben war, brauchten sie keine höheren Podeste, weil es keine hohen Häuser gab. Sie waren nicht erlaubt. Noch nicht. Kornbad hatte läuten hören, daß sich das bald ändern sollte. Ihm war das egal. Und wenn es ihm zu dumm wurde, legte er sich eben auch auf das Sterbebett und drückte den Knopf. Das tat jeder, wenn er die Zeit dafür gekommen sah. Warum sollte ausgerechnet er sich dann länger als nötig quälen?

Kornbad tippte die Geschwindigkeit ein, mit der er seine Kontrollfahrt beginnen wollte. Sofort setzte sich das leicht gepanzerte Fahrzeug der Kontrollklasse IV mit mäßiger Geschwindigkeit in Bewegung. Dank des noch nassen Bodens bildete sich dieses Mal keine Staubfahne hinter ihm. Kornbad lächelte zufrieden, als das Haus im Rückspiegel kleiner werden sah. Er liebte diesen Anblick. Wollte er überhaupt noch eine Frau? Er hatte doch alles: ein Haus, ein Auto, einen Beruf. Und wenn er zurückkam, würde der Überlebenscontainer vor dem Haus mit allem, was er seit der letzten Lieferung vor einer Woche verbraucht hatte, wieder aufgefüllt sein. Wozu also eine Frau? Wenn er an die Ehe seiner Eltern dachte, konnte er auch allein allein sein. Und für ein Kind fühlte er sich mit seinen vierzig Jahren zu alt. Aber darüber hatte er ja sowieso nicht zu bestimmen, seit die Frauen vor fünf Jahren das alleinige Verfügungsrecht über die Geburt, das Geschlecht und die Erziehung von Kindern im Grundgesetz hatten verankern können. Es war ohne großes Aufhebens über die Bühne gegangen. Warum auch nicht? Sie hatten schließlich schon immer das letzte Wort darüber gehabt. Er störte sich nicht daran. Seit damals, als seine Mutter ihm auf seine kindliche Frage, ob denn sein Vater wirklich sein Vater sei, geantwortet hatte, daß ihn das nichts anginge. Sein Vater dagegen hatte auf dieselbe Frage nur hilflos mit den Schultern gezuckt und damit mehr gesagt, als ihm lieb war.

Kornbad war an der Kontrollbereichsstraße B-II-5 angekommen. Er überlegte, in welcher Richtung er abbiegen sollte. »Eigentlich ist es egal, wohin ich fahre«, dachte er. »Ein Mann ohne Vater fährt immer in die falsche Richtung. Ich sollte nicht soviel darüber nachdenken. Welcher Mann weiß schon, wer sein Vater ist?«

Von rechts kam ein Auto. Kornbad erkannte zwei Insassen, einen Mann auf der Beifahrerseite, eine Frau am Steuer. Sie beachteten ihn nicht. Ein Blick auf das Kennzeichen sagte Kornbad, daß sie aus der Stadt waren. Automatisch tippte er das in den kleinen Bordcomputer ein und drückte die Speichertaste. Dann bog er nach rechts ab. Er wäre nie nach links abgebogen, hatte das noch nie getan. Es war diese eine Seite, die ihn nichts anging. Das ungute Gefühl war immer noch nicht verschwunden.

Zehn Minuten später kam er an den dritthöchsten Hügel in der ganzen Gegend und den zweithöchsten seines Kontrollbereichs. Kornbad umfuhr ihn, um dann an der kurz darauf auftauchenden Einmündung zur B-II-7 rechts abzubiegen. Er tippte eine neue, höhere Geschwindigkeit ein und fuhr weiter. Die rechte Straßenhälfte gehörte noch zu seinem Kontrollbereich, der eine Fläche von 144 Quadratkilometern umfaßte. Die Kontrollbereiche der B-Klasse kamen alle auf dieselbe Ausdehnung. Sie hatten herausgefunden, daß es so für die Straßenbauplanung am günstigsten war. Allerdings stand eine Erweiterung auf 169 Quadratkilometer demnächst ins Haus. Es mußten einfach zu viele Kräfte in die Städte abgezogen werden. Kornbad war froh, daß er nach dem Tod seines Vaters dessen Kontrollbereich hatte übernehmen dürfen. Letztendlich hatte er es seiner Mutter zu verdanken, die ihre guten Beziehungen zur Chefin der B-Klasse spielen ließ. Und als sie dann ebenfalls den Knopf gedrückt hatte, überließen sie ihm den Bereich, damit sich die wenigen Frauen in dieser trostlosen Gegend nicht schon wieder an ein neues Männergesicht gewöhnen mußten. Dabei bildete er sich keinesfalls ein, seine Mutter hätte es ihm zuliebe gemacht. Ihre Abneigung gegen das Stadtleben war der ausschlaggebende Grund gewesen. Kornbad wußte, daß seine Mutter damit eine Ausnahme gewesen war; die meisten Frauen zog es in die Stadt. Nachdem es dort jedoch immer schlimmer zuging, begann sich diese Entwicklung langsam aber sicher umzukehren. Kornbad waren die fremden Frauen selbstverständlich aufgefallen, die immer zahlreicher hier in der Gegend auftauchten. Es waren nicht nur sympathische Gesichter darunter. Und nach dem Raubüberfall auf die alleinstehende Veronika Semmer, der von zwei Frauen begangen worden war, wurde in der Chefinnen-Etage anscheinend erstmals davon gesprochen, daß die auf dem Lande zahlreicher vertretenen männlichen Bereichswächter zukünftig sogar Frauen kontrollieren dürften. Kornbad konnte keine Genugtuung darüber empfinden.

»Es wird Ärger geben!« hatte er zu Becker gesagt.

»Du hast recht. Besonders, wenn ich daran denke, wie es in den Städten zugeht.«

Becker kam aus einer Stadt, in der er als männlicher Untergebener M/B-II-593/IS eine weibliche Vorgesetzte auf ihren Sicherungsstreifen begleitet hatte. Seine Codierung besagte, daß er als männliche Hilfskraft Nummer 593 für Sicherungseinsätze in der B-II-Klasse, Innenstadt, geeignet war. Kornbads eigene Code-Nummer lautete

M/B-II-85/L, wobei das L für Land stand. Auch standen die Namen Kornbad und Becker nicht für ihren Familiennamen, sondern sie bezeichneten die Planquadrate ihres Kontrollbereiches. In Wirklichkeit hieß Kornbad Hans-Peter Gröner und Becker Rolf Merz. Doch bei Androhung langjähriger Freiheitsstrafen war es ihnen aufs Strengste verboten, sich mit ihren Namen zu erkennen zu geben. Dadurch wurde vermieden, daß sich die Frauen außer an neue Gesichter auch noch an neue Namen gewöhnen mußten. Eine persönliche Identifikation der Männer war natürlich trotzdem möglich, da sie ihre je nach Einsatzgebiet unterschiedlichen Code-Nummern auf den Rücken eingebrannt bekamen. So konnte man den ganzen beruflichen Werdegang eines Mannes auf seinem Rücken ablesen. Dank der Beziehungen seiner Mutter hatte Kornbad erst eine Nummer auf dem seinen. Nicht, daß ihm die etwas schmerzhafte Prozedur etwas ausgemacht hätte. Nein, ihm gefiel es hier nur einfach zu gut, als daß er woandershin wollte.

Hinter ihm tauchte ein Auto auf. Kornbad war gerade am höchsten Hügel in seinem Bereich angelangt. Zu seiner Linken erstreckten sich Wiesen, durch deren sattgrünes, kniehohes Gras Wasserperlen glitzerten. Kornbad tippte auf die Bremse, wurde langsamer. »Es ist nicht gut, wenn jemand hinter dir steht«, sagte er leise vor sich hin.

Das Auto kam zwar näher, überholte ihn jedoch nicht. »Ich bin zu mißtrauisch«, dachte Kornbad. »Sie haben einfach keine Lust, schnell zu fahren. Und wenn es Frauen sind, geht es mich sowieso nichts an. Ich werde ihre Nummer eingeben, und dann ist die Sache für mich erledigt. Sollten es dagegen Männer sein, werde ich sie anhalten und kontrollieren, wie die vielen anderen vor ihnen auch. Es macht mir nichts aus, und ihnen wird es auch nichts ausmachen. Sie müßten es gewöhnt sein, schließlich werden sie in der Stadt an jeder Straßenecke angehalten und kontrolliert. Und daß sie aus der Stadt kommen, sehe ich an ihrem Kennzeichen.«

Was Kornbad aber nicht sehen konnte, war, ob der Fahrer ein Mann oder eine Frau war, nicht einmal, ob es einen oder mehrere Insassen gab. Die Scheiben des tiefliegenden Sportwagens waren genauso schwarz wie die Wagenfarbe.

»Los, kommt und zeigt mir, ob ihr Männer oder Frauen seid«, fluchte Kornbad in den Rückspiegel. »Ich will keinen Fehler machen. Ich weiß, wie ich mich verhalten muß, ob ihr Frauen seid oder Männer. Aber, verdammt noch mal, ihr müßt mir zeigen, was ihr seid.«

Urplötzlich schoß der Wagen nach vorne. Sekundenbruchteile später war er auf gleicher Höhe mit Kornbad. Doch auch jetzt konnte er nicht erkennen, wer in dem Auto saß. Er beschleunigte seinen

Mercedes, aber es dauerte abermals nur Sekundenbruchteile und der andere war wieder da. Kornbad versuchte alles: bremsen, Gas geben; einmal blieb er sogar abrupt stehen. Es nützte nichts. Da zog er die Schrotflinte aus der Halterung und legte sie sich über die Knie. In diesem Moment rammte ihn der Sportwagen zum ersten Mal. Der Aufprall hätte Kornbad beinahe von der Straße gefegt. Im letzten Moment konnte er den Wagen abfangen. Beim nächsten und den darauffolgenden Malen ließ er sich jedoch nicht mehr überraschen.

Vor ihnen tauchte eine Rechtskurve auf. Das ist gut für mich, dachte Kornbad. Ich werde fahren und nicht nachgeben. Dann werden wir ja sehen, wie es in der Kurve weitergeht. Es wird weitergehen. Es geht immer weiter.

Unmittelbar vor der Kurve rammte der schwarze Sportwagen Kornbad erneut. Diesmal war der Aufprall allerdings so wuchtig, daß Kornbad die Beherrschung über seinen Mercedes verlor. Ohne etwas dagegen ausrichten zu können, drehte der Wagen sich mehrmals um die eigene Achse, während Kornbad im Innern hilflos hin- und hergeworfen wurde.

Irgendwann stand er. Der Motor war abgestorben. Benommen blieb Kornbad sitzen. Die Schrotflinte lag mit nach oben gerichteter Mündung zwischen seinen Schenkeln. Kornbad schluckte, als er begriff, daß sie hätte losgehen können. Er drückte den Lauf von sich weg. Dann hörte er von rechts das Geräusch durchdrehender Reifen. Er schaute zur Beifahrerseite hinaus und entdeckte den schwarzen Sportwagen. Er stand inmitten einer Wiese und steckte fest.

Kornbad wollte sich gerade über den Anblick freuen, als die Türen des Sportwagens aufgingen. Zwei vollkommen schwarz gekleidete Gestalten stiegen aus und begannen durch den morastigen Untergrund in seine Richtung zu stapfen. Kornbad spürte Panik in sich hochsteigen. Während er die zwei anstarrte, drückte er hektisch auf den Starterknopf. Einmal, zweimal. Beim dritten Mal, die zwei waren bereits bis auf wenige Meter herangeeilt, sprang der Motor endlich an. Kornbad jagte ein Stoßgebet nach oben und tatsächlich: Der Mercedes setzte sich sofort in Bewegung. Rasch vergrößerte sich der Abstand zwischen ihm und den beiden. Kornbad hatte selbst in dem Moment, als sie ihn fast schon erreicht hatten, nicht erkennen können, ob es Frauen oder Männer waren. »Es ist nicht wichtig«, dachte er. Er drehte sich noch einmal um und lächelte, als er die zwei Gestalten immer kleiner werden sah. Ihr habt euch übernommen! Dann schaute er wieder geradeaus. Und da sah er sie: Tausende von schwarzen Sportwagen. In geschlossener Formation kamen sie ihm entgegen.

Ausgleich?

Wegen Mordes acht Jahre hinter Gittern, lebte er danach noch neununddreißig Jahre, bis er schließlich mit sechsundsiebzig Jahren starb.

Sein Opfer war zu diesem Zeitpunkt bereits siebenundvierzig Jahre tot.

Das mißlungene Herz

Hinter ihr die Kirche. Daneben der Friedhof, vor unangemessenen Blicken durch die akkurat geschnittene Hecke geschützt. Am Ufer – sie. Die Sonne brennt. Nur über Florian wirft der mächtige Kastanienbaum auf der kleinen Insel neben ihm seinen Schatten. Florian beobachtet Lisa, meint einen feuchten Schleier über ihren Augen zu erkennen. Vielleicht spiegelt sich auch nur das Wasser darin, dessen Oberfläche von kleinen Wellen gekräuselt wird. Es ist ohne Bedeutung, ist entschieden.

Florian blickt langsam in die Runde. Rechts neben der Kirche steht das Schulgebäude, unbehelligt vom Rumoren der Kinder in seinem Inneren. Davor die Lärche, in deren Rinde er schon vor zwei Jahren »Ich liebe Lisa« hineingeritzt hat. In einer mondlosen Nacht. Am nächsten Tag hatte er es selbst kaum lesen können und das höhnische Gelächter der anderen nur zu gut verstanden. Vorsichtshalber hatte er in dieses Gelächter mit eingestimmt. Das Herz um dieses »Ich liebe Lisa« war ihm völlig mißlungen.

Florians Blick schweifte weiter, erfaßte die kleine Insel mit dem dichten Schilfgras und dem herrlich feinen, weichen Sand, auf die er sich am liebsten zurückzog. Mit Lisa. Wenn sie mitging, was selten der Fall war. Und auch dann nur, wenn andere bereits auf der Insel waren. Stets hatte sie sich bemüht, nicht allein mit ihm zu sein. Meistens war es ihr gelungen. Dabei war ihm nie auch nur einer ihrer versteckten Blicke entgangen, mit denen sie ihn immer wieder musterte. Natürlich hatte er es sich nie anmerken lassen, weil er nicht wollte, daß sie mit diesen Blicken aufhörte.

Auch jetzt, in dieser Sekunde, schaute sie in seine Richtung. Florian war sich nicht sicher, ob sie ihn wirklich sah. Sie konnte es sich leisten, in einem Jungen einfach einen Jungen zu sehen. Besonders wenn er noch dazu in eine Klasse unter ihr ging. Mit fünfzehn Jahren zählt jedes Jahr. Keine Frage: Es hatte soweit kommen müssen.

Florian zog das Messer heraus. Er tat es ruhig, mit einer langsamen Bewegung. Sofort fühlte er sich ein wenig leichter. Von der Lärche verdeckt, konnte er allein den Dachfirst von Lisas Elternhaus erkennen. Eines von vielen neuen Häusern, die seit Jahren ins Dorf hineingequetscht wurden. Hell schimmerte das Rot der Dachziegel durch den Wipfel der Lärche. Heller als das dunkle Rot seines Herzens, das er Lisa geschenkt hatte, die immer noch am Wasser stand und in seine Richtung starrte, hinter sich das kurze, ansteigende, steinbedeckte Ufer. Florian war sich inzwischen sicher, daß sie ihn auch jetzt nicht richtig sah. Sein Herz blutete. Langsam glitt er auf sie zu. Sah ihre blauen Jeans, die gelbe Bluse. Spürte die Sehnsucht in sich aufsteigen, ihren schlanken weichen Körper zu berühren, ihn in seine Arme zu nehmen und für immer an sich zu drücken. Bestimmt war er weich, warm und weich.

Während Florian unmerklich näher an sie herantrieb, überlegte er, was er noch tun könnte, bis es soweit war. Lange würde es nicht mehr gehen. Als Lisa sich von ihm wegdrehte, erschrak er. Sie durfte nicht gehen, noch nicht. Sonst war alles umsonst. Lisa blieb, drehte sich sogar wieder um. Vielleicht hatte ein unbekanntes Geräusch sie erschreckt. Inzwischen war er nähergekommen, konnte ihr feines, klares Gesicht, umrahmt von den kurzgeschnittenen braunen Haaren, erkennen. Der feuchte Schimmer unter ihren Augen war keine Spiegelung des Wassers. Es waren Tränen, die sie soeben mit ihren Handrücken wegwischte. Am liebsten hätte Florian ihr zugerufen, daß sie sich nicht grämen solle, nicht traurig sein dürfe. Er hätte sie gern getröstet, aber er sagte nichts, weil er nicht wollte, daß sie durch seinen Zuruf auf ihn aufmerksam wurde. Sie sollte seiner selbst wegen auf ihn aufmerksam werden.

Florian packte das Messer fest an seinem Griff. Er durfte es nicht loslassen. Es war an der Zeit, das alles zu beenden. Erst jetzt verstand er seinen Vater besser, der immer davon sprach, daß man unter jede Sache irgendwann einen Schlußstrich ziehen müsse.

»Sonst bleibst du ewig in der Vergangenheit.«

Bis heute hatte er über solche und ähnliche Bemerkungen von ihm und anderen Erwachsenen immer lautstark gelacht. Bewußt lautstark. Mit Lachen an den falschen Stellen konnte man Erwachsene in den Wahnsinn treiben.

Von ferne hörte er einen Kieslaster dem Dorf sich nähern. Aus dem Inselschilf schoß ein Vogel in den blauen Himmel. Die Sonne trieb dicke Schweißperlen auf Florians Stirn.

Sie schrie, als er nur noch wenige Meter von ihr entfernt war. Ein lauter gellender Schrei, dessen Buchstaben Florian schon nicht mehr zu einem sinnvollen Wort zusammensetzen konnte. Lisa machte auf dem Absatz kehrt und rannte davon. Da ließ Florian das Messer fallen. Während es sofort im Wasser versank, tauchte auch er zum ersten Mal unter, schaffte es aber, noch einmal hochzukommen. Er war mit einem Mal müde, unsagbar müde. Als das Wasser abermals über ihm zusammenschlug, konnte er die rote Verfärbung sehen.

Sein Herz blutete aus nach dem Stich, den Lisa ihm versetzt hatte. Schmerzen spürte er bereits seit seinem Sturz ins Wasser nicht mehr. Gerne hätte er noch mal mit ihr gesprochen und ihr erklärt, daß sie das Messer in seiner Hand falsch gedeutet hatte. Nie in seinem Leben hätte er ihr etwas angetan, nie. Schließlich liebte er sie doch.

Langsam sank Florian auf den Grund des Sees.

Ein Besucher mit Vergangenheit

Die Besuche der Touristen hatten dem kleinen alten Schloß weitere Narben zugefügt und so das Werk langsamer Zerstörung fortgesetzt, das die Zeit und ihre Geschichten begonnen hatte.

Ferdinand Imbruch ließ die geführte Gruppe an sich vorbeiziehen.

»Der Fürst kam insgesamt nur sechsmal hierher aufs Schloß«, erklärte die Gruppenleiterin den vielleicht zehn interessierten, durchweg älteren Leuten. Sie war um die Vierzig, hübsch, mit Sommersprossen im Gesicht, das von dichtem rotem Haar umrahmt wurde. Nur ihre Stimme empfand Imbruch als eine Spur zu laut für diesen Ort der Vergangenheit.

»Warum?« wollte eine Frau mit streng nach hinten gekämmtem Haar wissen; Imbruchs Schätzung nach mochte sie gut und gern um die achtzig Jahre alt sein. Ein Klacks gegen dieses Schloß, das laut der Informationstafel draußen am Eingang von 1624 bis 1626 erbaut worden war. Nach einer längeren Reise zurück von einer Geschäftsbesprechung hatte er kurzentschlossen hier gehalten, nachdem ihn ein Sekundenschlaf dringend gemahnt hatte, eine Rast einzulegen. Eigentlich war er kein Freund von Vergangenheit; seiner Meinung nach hielten Gegenwart und Zukunft allein schon genügend Beschwerlichkeiten bereit.

»Nun, er starb zu jung.«

»Ooh …«, stöhnten die Fragerin und eine weitere Frau mitfühlend auf.

»Ja, er wurde gerade mal siebenundzwanzig Jahre alt, als er, auf dem Weg hierher, von einer Gruppe Wegelagerer überfallen und erschlagen wurde.«

»Nein, so was!« entfuhr es einer anderen Frau, während der Mann nebenan ihr einen mißbilligenden Blick zuwarf. Allen Mitgliedern der Gruppe gemein war jedoch das neuerwachte Interesse; gebannt starrten sie auf die Lippen der rothaarigen Frau. Diese erzählte mit neuem Elan und noch lauterer Stimme die kurze Geschichte des tödlichen Überfalls auf den jungen Fürsten. Davon, wie die Wegelagerer zunächst seine zwei bewaffneten Begleiter mit Pfeilen erschossen, bevor sie sich auf den Fürsten selbst stürzten, ihn vom verletzten Pferd rissen und trotz heftigster Gegenwehr dahinmeuchelten.

Während die Rothaarige die Geschichte mit wachsender Begeisterung erzählte, umringt von den teilweise vor Aufregung roten Gesichtern ihrer Zuhörer, hatte Imbruch bemerkt, daß sie ihn mehrmals mit prüfenden Blicken angeschaut hatte. Auf einmal fühlte er sich beschämt. Wahrscheinlich wollte sie ihm mit diesen Blicken bedeuten, daß er kein Recht hatte, von ihrem Wissen zu zehren, ohne dafür bezahlt zu haben. Also entschied er sich, zu einem der kleinen Fenster zu gehen und einen Blick hinauszuwerfen. Es hätte ihm gerade noch gefehlt, nach einem sowieso schon anstrengenden Tag noch einen Verweis von dieser rothaarigen Frau zu erhalten. So hörte er zwar noch die Frage einer der Männer, ob die Mörder gefaßt worden seien, jedoch schon nicht mehr ihre Antwort darauf.

Es dauerte nicht lange, und die Gruppe begab sich in den nächsten Raum. Imbruch bemerkte aus den Augenwinkeln, wie die hübsche Frau ihn neuerlich mit einem, wenngleich dieses Mal eher nachdenklichen Blick bedachte. Hatte er sich mit seiner ersten Deutung vorhin geirrt? Mißmutig schüttelte er seinen spärlich behaarten Kopf und starrte zu dem kleinen, von außen vergitterten Fenster hinaus. Augenscheinlich befand er sich auf der rückwärtigen Seite des Schlosses. Zu seiner Rechten befand sich ein dichter, dunkler Tannenwald, in den ein wagenbreiter Weg mündete. Vermutlich waren auf diesem vor Jahrhunderten die Bauern mit ihren Karren gekommen und hatten dem Fürst ihre Waren feilgeboten oder aber ihren Zehnten abgeliefert. Imbruch hatte keine Ahnung, ob er mit seiner Vermutung richtig lag; es interessierte ihn auch nicht sonderlich. Vierhundert Jahre Vergangenheit waren zuviel, als daß er sich damit groß auseinandersetzen wollte. Ihn beschäftigte vielmehr die Frage, ob der fest eingeplante Auftrag für sein kleines Unternehmen nach der gestrigen Besprechung überhaupt zustandekommen würde.

Auf der linken Seite des Wäldchens gab es ein in voller Blüte stehendes Weizenfeld, das sich hügelig bis zum Horizont erstreckte. Wiederum links davon grenzte ein lichtes Wäldchen an, an dessen Rand ein kleiner Bach verlief, dessen Wasser im Sonnenlicht an verschiedenen Stellen zu glitzern schien.

Imbruch wollte sich gerade von dem erhebenden Anblick abwenden, als er von rechts ein seltsames, trappelndes Geräusch hörte. Unwillkürlich fiel sein Blick auf den Tannenwald, doch der war zu dunkel, als daß er etwas hätte sehen können. Imbruch schaute sich nach hinten um. Möglicherweise hatte ja noch jemand anderes das seltsame Geräusch gehört. Doch da war niemand. Indessen wurde das Getrappel immer lauter, ungestümer. Kein Zweifel, es mußte sich um eine größere Gruppe Berittener handeln. Imbruch drehte sich wieder dem

Fenster zu – und da sah er sie. Mindestens zehn schwerbewaffnete Ritter auf mächtigen, edel geschmückten Rössern waren aus dem Tannenwald geschossen und hatten direkt davor angehalten. Einer der vorne stehenden Ritter hielt eine reich verzierte gelbe Fahne in seiner Linken. Allesamt waren es kräftige Männer, Vorläufer eines Arnold Schwarzenegger, gestählt von der damaligen Zeit und ihren gnadenlosen Anforderungen. Was aber hatten sie hier zu suchen? Offenbar wußten sie das selbst nicht so genau, denn einige gestikulierten wild in unterschiedlichste Richtungen. Imbruch meinte, teilweise die brennenden Blicke durch die schmalen Sehschlitze sehen zu können. Ein unangenehmes Gefühl beschlich ihn. Dieses verstärkte sich abrupt, als der Blick von einem der Berittenen auf ihm verharrte und er gleich darauf die anderen auf ihn, Imbruch, aufmerksam zu machen schien. Instinktiv zuckte er zurück, doch es war zu spät. Die Ritter zogen ihre Schwerter aus den Scheiden, spornten ihre Rösser an und flogen auf das Schloß zu. Dabei ließen sie ihn keine Sekunde lang aus den Augen, die Imbruch hinter den Sehschlitzen nur erahnen konnte. Gleich einer gefräßigen Feuersbrunst hatten die Ritter binnen weniger Sekunden das Schloß erreicht. Als einer der Bogenschützen auf Imbruch anlegte und unmittelbar darauf das Fensterglas splitterte, konnte Imbruch sich gerade noch geistesgegenwärtig zur Seite drücken, als der Pfeil auch schon an ihm vorbeizischte. Keine Frage: Sie hatten es auf ihn abgesehen!

Imbruch sprang auf und raste auf die Tür zu, während er zugleich nach Hilfe schrie. Die Reisegruppe mußte doch noch in der Nähe sein und den Lärm der heranstürmenden Rösser gehört haben. Vielleicht aber auch nicht, immerhin waren alle außer der Rothaarigen schon ziemlich alt und hörten möglicherweise schlecht. Endlich war er an der Tür angekommen, riß sie auf – und prallte zurück. Vor ihm standen sechs zerlumpte, übelriechende Gestalten, aus deren unrasierten Gesichtern ihn tiefliegende Augen mordlustig anfunkelten. Da hob der erste von ihnen, Imbruch wußte sofort, daß es sich um den Anführer der Räuber handeln mußte, sein Kurzschwert und holte aus. Imbruch schreckte beiseite, der tödliche Hieb verfehlte ihn nur um Haaresbreite, und die sechs Räuber fegten über ihn hinweg zur anderen Seite des Raumes, wo sich eine weitere Tür befand. Durch diese waren sie kaum verschwunden, als der Lärm der die Treppe hochstampfenden Ritter Imbruch aufs neue hochschreckte. Er zweifelte keinen Moment daran, daß diese ihn an Ort und Stelle mit ihren Hieben niedermetzeln würden. Daß sie an seiner Kleidung erkennen müßten, daß sie dem Falschen nachjagten, beruhigte ihn keineswegs. Also rappelte er sich auf und stürmte seinerseits zu der Tür, hinter der die Räuber soeben verschwunden waren. Als er sie erreicht hatte, hörte er hinter sich wütendes Gebrüll, und zwei Pfeile bohrten sich Millimeter neben seinem Kopf in das Türholz, wo sie zitternd steckenblieben. Imbruch schaffte es, unbeschadet aus dem Raum zu kommen. Vor ihm tat sich ein Treppenhaus auf, und Imbruch stürzte ohne nachzudenken die enge Wendeltreppe hinunter. Er hatte gerade mal eine Rundung geschafft, als er hörte, wie oben die Tür aufgerissen wurde und die fürstlichen oder gar kaiserlichen Ritter, Imbruch vermochte es wirklich nicht zu sagen, ihm hinterherstürmten. Panische Angst packte Imbruch. Am liebsten hätte er losgeheult wie ein kleines Kind, aber der Lärm der näherkommenden Ritter ließ ihm keine Zeit dazu. Endlich unten angekommen, schrie alles in ihm nach Luft. Zwei Türen gab es hier unten. Für welche sollte er sich entscheiden? Er riß die zu seiner Linken auf, ein kleiner Raum lag vor ihm – mitsamt den sechs Räubern und Mördern des jungen Fürsten. Sie starrten Imbruch auf eine Weise an, die ihm klarmachte, daß sie zwischen ihm und dem Fürst keinen Unterschied machen würden, sollte er nicht sofort verschwinden. Also drehte er sich um, hörte, wie die Tür hinter ihm zugezogen wurde, während er bereits die Stiefelspitze des ersten das Erdgeschoß erreichenden Ritters auf dem Treppenabsatz zu erkennen glaubte. Er riß die nächste Tür auf, stürzte hinaus – und wurde von einer kräftigen Hand nach rechts weggerissen. Imbruch spürte einen stechenden Schmerz in seiner rechten Hüfte, als er auf steinigen Boden prallte. Wimpernschläge später stürmten zuerst die Räuber an ihnen vorbei, gefolgt von den Rittern, deren haßerfüllte Wut Imbruch förmlich zu riechen glaubte. Allesamt verschwanden sie in dem Getreidefeld, während Imbruch befürchtete, im nächsten Moment ohnmächtig zu werden. Da erkannte er über sich das Gesicht einer schönen jungen Frau, deren rotgoldenes Haar von einem Diamantreif gehalten wurde.

»Wer – wer sind Sie?« fragte Imbruch sie erschöpft.

»Die Gemahlin des Fürsten«, antwortete sie mit trauriger Stimme. »Ich bin den Mördern meines geliebten Mannes in letzter Sekunde entkommen. Sie wollten mir gerade Gewalt antun, als die Ritter kamen und mich gerettet haben. Ich bin die einzige Überlebende des grausamen Gemetzels. Aber leider konnten die Mörder meines Gatten entkommen. Doch seitdem werden sie von den edlen Rittern gejagt.«

Obschon die traurige Stimme der schönen Fürstin von ihrem Schmerz kündete, flößte sie Imbruch neuen Mut ein. Er schien es noch einmal geschafft zu haben. Müde schloß er seine Augen vor der ihn blendenden Sonne. Da fiel ihm ein, daß er der Fürstin dafür, daß sie ihn gerettet hatte, danken mußte.

»Wie kann ich Ihnen dafür danken, daß sie mich gerettet haben?«

»Trinken Sie erst mal einen Schluck«, sagte eine fremde Stimme zu ihm, die er schon einmal gehört hatte. Imbruch schlug die Augen auf und erkannte das Gesicht der hübschen Reiseleiterin. Er nahm einen Schluck Wasser aus dem Glas, das sie ihm an die Lippen hielt. Um sie herum hatten sich die Mitglieder der Reisegruppe über ihn gebeugt. Teils mißtrauische, teils mitfühlende Blicke verrieten Imbruch, daß sie nicht so recht wußten, was sie von der ganzen Sache halten sollten.

»Wie … wie kommt es …?«

»Als Sie plötzlich an uns vorbeigerast sind, ahnte ich sofort, daß irgend etwas mit Ihnen nicht stimmte. Vielleicht die Hitze, vielleicht etwas anderes. Ich weiß es nicht. Dann fanden wir Sie hier unten, auf dem Boden liegend. – Wie geht es Ihnen jetzt?«

»Schon besser, danke«, antwortete Imbruch, der sich bereits ein wenig zu schämen begann. Plötzlich drängte sich ein Gedanke in seinen Sinn. Ruckartig setzte er sich auf und bahnte sich durch Gesten mit beiden Händen ein Spalier in die Reisegruppe, bis er einen freien Blick auf das Getreidefeld hatte. Und tatsächlich: Am Rande des Feldes entdeckte Imbruch eine Bresche, die vorher noch nicht dagewesen war. Sie reichte tief in das große Feld und sah aus, als wäre sie von einer größeren Gruppe Menschen oder Tiere hineingestampft worden.

Eine kopflose Entscheidung

Mark brachte es nicht übers Herz, die junge Frau vor ihm in ihrem Schmerz ohne Trost sitzenzulassen. Langsam näherte er sich ihr von hinten, legte seine stark behaarten Hände auf ihre zerbrechlich wirkenden Schultern und drückte sie sanft. Das Schluchzen stoppte, sie drehte sich zu ihm um, schaute ihn stumm an. Mark meinte, in der Tiefe dieses Blicks so etwas wie Dankbarkeit zu erkennen. Es waren Augen der Unschuld, umflort vom Naß der Tränen, wie Mark sie zuvor noch nie gesehen hatte. In der nächsten Sekunde wandte sie sich schon wieder von ihm ab und ihr zarter, wohlproportionierter Körper begann unter neuerlichem Schluchzen zu zucken.

Hier, in der Notaufnahme, war es um diese Zeit still. Nachdem der Notarzt bereits auf der Anfahrt mitgeteilt hatte, daß der Exitus des Patienten eingetreten sei, hatte Mark den Alarm aufgehoben und die Kollegen zu ihrer normalen Arbeit oder ihren Betten zurückkehren lassen. Sie benötigten Schlaf dringlicher als irgend etwas anderes. Dann war diese junge Frau in die Notaufnahme hereingestürmt gekommen. Mark hatte alle Hände voll zu tun gehabt, um sie ein wenig zu beruhigen. Nichtsdestotrotz hatte sie den Toten sehen wollen. Und obschon Mark wußte, daß er einen unverzeihlichen Fehler beging, der ihn, abhängig von der Reaktion der Frau, seine Stelle kosten konnte. Niemals hätte er sich oder jemand anderem eingestanden, daß er diesen Fehler allein deshalb beging, um die Frau noch etwas länger in seiner Nähe zu haben. Trotzdem war es ein Fehler, ein unverzeihlicher Fehler, denn der Kopf des Toten war bei dem Unfall vom Rumpf getrennt worden.

Die Frau hatte prächtig reagiert. Nur ihre Augen hatten sich in plötzlichem Erkennen sekundenlang geweitet (auch da: diese tiefe, tiefe Unschuld in ihrem Blick), bevor sie auf dem Stuhl zusammengesunken war, den Mark ihr vorsichtshalber hingestellt hatte. Mark bewunderte sie. Er war sich nicht sicher, ob er diesen starren Blick des Toten ausgehalten hätte, dessen Lider sich nicht schließen ließen. So etwas hatte Mark noch nie erlebt. Im Zusammenspiel mit dem weit aufgerissenen Mund des Toten, der eine dichte Reihe auffallend kleiner weißer Zähne freigab, schien es, als hätte er im letzten Moment seines achtundzwanzigjährigen Lebens noch einmal zu lächeln versucht.

Die Schultern unter seinen Händen schienen beständig wärmer zu werden. Mark überlegte, ob er sich das nur einbildete. Tief in ihm drin regte sich so etwas wie Ärger über dieses Erschüttertsein der Frau. Der Mann, Leon hieß er mit Vornamen, war es nicht wert, daß eine solche Frau, die Verkörperung der Unschuld überhaupt, um ihn weinte. Mark kannte Leon von einigen unfreiwilligen Besuchen in der Notaufnahme. Ein Verbrecher. Damit war alles gesagt.

Als sich die Frau in einem neuerlichen Anfall verkrampfte, beugte Mark sich zu ihr hinunter und kam so an ihre Seite. Robert, einer seiner Helfer, schob ihm unaufgefordert einen Stuhl hin und verließ dann, auf ein entsprechendes Zeichen von Mark hin, den kühlen und nur spärlich beleuchteten Raum. Dem daraus resultierenden diffusen Licht schrieb Mark es auch zu, daß er im ersten Moment meinte, sich geirrt zu haben, als Leons Augen zu blinzeln begannen. Doch er hatte sich nicht getäuscht; auch war die Nacht bisher zu ruhig verlaufen, als daß er übermüdet gewesen wäre. Leon blinzelte ihnen zu. Was sollte Mark tun? Mit sanftem Druck bedeutete er der Frau, daß es an der Zeit war, zu gehen. Da bemerkte auch sie das Blinzeln. Ein Ruck ging durch ihren Körper, während ihre Hände, immer noch ein Taschentuch haltend, das sie bisher geknetet hatte, nunmehr erstarrten. Leon grinste. Zumindest schien es Mark so. Davon abgelenkt, reagierte er viel zu spät, als die Frau sich über Leon warf. So heftig über ihn warf, daß der Operationstisch wackelte. Was sie offenkundig nicht bemerkte, Mark dagegen sofort, ließ diesen erbleichen: Unter ihrem wohlgeformten Oberkörper rollte Leons Kopf hervor und blieb, allein von ihrer Hüfte gestoppt, an der Tischkante hängen. Sein Blick war genau auf Mark gerichtet, der, kreidebleich und zitternd, nicht wußte, wie ihm geschah. Und wieder blinzelte Leon ihm, ja, genau ihm, Mark, zu. Verziert mit dem grinsenden Mund und den viel zu kleinen weißen Zähnen, war Mark sich sicher, daß Leon im nächsten Augenblick etwas sagen würde. Doch die Frau kam ihm zuvor. Mit einem lauten, gellenden Schrei schreckte sie auf, drehte sich zu Mark, woraufhin Leons Kopf mit einem dunklen Plop zu Boden fiel, seitlich wegrollte, um schließlich so liegenzubleiben, daß er sie beide genau im Blick hatte. Mark schüttelte sich gleich einem Hund, der aus dem Wasser kommt, doch das Grauen hielt ihn weiter gepackt. Von links verspürte er einen heftigen Schlag gegen seine Schulter, ein stechender Schmerz raste durch sein Gehirn. Mark erkannte, daß die Frau ein Skalpell in ihrer rechten Hand hielt und soeben zum zweiten Hieb ausholte. Und noch etwas erkannte er, während er dem Schlag mit Mühe auswich: den haßerfüllten Blick dieser Frau. Da war nichts mehr von Unschuld und Anmut, diese Frau hatte sich in eine rasende Bestie verwandelt. Mit ihrem dritten Versuch hatte sie wieder Erfolg: Quer über seine Brust erfolgte der Stich mit dem Messer, Mark torkelte rückwärts, sein weißer Kittel verfärbte sich blutrot, er stolperte über Leons Kopf, den die Frau erst jetzt entdeckte. Mitten in der Bewegung zum vierten Hieb erstarrte sie. An ihrem Hals klebten Blutschlieren.

    Mark blieb regungslos auf dem Boden sitzen. Um sie herum wurde es laut, die Deckenstrahler fluteten den Raum. Stimmen drangen wie durch Watte zu ihm hindurch. Mark erkannte die Zeichen der nahenden Ohnmacht und kämpfte erfolgreich dagegen an. So konnte er noch mit ansehen, wie seine Kollegen der Frau das Skalpell wegnahmen und sie dies widerstandslos geschehen ließ. Leons Kopf freilich wieder zu seinem Rumpf legen zu können, kostete sie ein Vielfaches an Mühe. Leon grinste weiterhin, böse und triumphierend. Während zwei Schwestern ihm beim Aufstehen halfen, sah Mark, wie Leon ihm ein letztes Mal zublinzelte. Danach schloß er seine Augen.

Und dann war es eine Katze ...

Mit offenem Mund blieb Dorian liegen. Dunkelheit erfüllte das Zimmer – und ein auf- und abschwellendes Brummen. Ein gefährlich klingendes Brummen. Das war aber noch nicht das Schlimmste. Das Schlimmste war sein Mund. Er konnte ihn nicht schließen, denn etwas befand sich in seinem Mund. Und dieses Etwas bewegte sich: Hornissen. Mindestens fünf oder sechs von ihnen flogen durchs Schlafzimmer, während zwei oder drei es sich in seinem Mund bequem gemacht hatten. Aber da war noch etwas, das er nicht identifizieren konnte. Seine Kiefermuskeln schienen in geöffneter Stellung erstarrt zu sein.

Dorian schluckte – und hätte beinahe losgeschrien, als eine der Hornissen dabei gefährlich nahe an seinen Gaumen geriet. Panik packte und lähmte ihn zugleich. Wo war Jessica, diese dämliche Kuh? Bestimmt war seine Frau bereits wieder in der Praxis und fischte anderen in ihren Mäulern herum. Seit sie vor drei Jahren ihre Zahnarztpraxis eröffnet hatte, war sie nicht mehr wiederzuerkennen. Zuvor ein unscheinbares Entlein, an dem der Name am interessantesten war (nun gut, ihr elterliches Vermögen natürlich auch), führte sie sich auf wie eine Prinzessin, deren weißer Kittel einem Ganzkörperheiligenschein gleichkam. Jetzt, wo sie mal was für ihn hätte tun können, jetzt war sie weg.

Dorian spürte, wie eine Träne am rechten Ohr vorbei die Wange hinunterlief. Gleich darauf kam eine der Hornissen aus seinem Mund heraus und krabbelte auf seine Nase. Dorian schloß unwillkürlich die Augen, so daß ihn nun vollkommene Dunkelheit umgab. Und dieses gefährliche Brummen in der Luft. Gerade zog eine Hornisse im Tiefflug ihre Bahn über sein Gesicht. Er hielt den Atem an. Am liebsten hätte er vor lauter Angst und Wut losgeheult. Wut deshalb, weil sie wieder einmal recht gehabt hatte.

»Dorian, ich glaube, unter dem Dach haben sich Hornissen ein Nest gebaut.«

»Wie kommst du auf diese verrückte Idee?«

»Vorgestern war eine im Schlafzimmer. Außerdem höre ich schon seit Tagen so komische Geräusche. Als würde irgend etwas an der Decke ... rascheln oder ... schnipsen. – Mein Gott, ist weiß auch nicht, wie ich es beschreiben soll.«

»Rascheln? Schnipsen? Hier? Bei uns?«

»Ja, natürlich hier bei uns. Wo denn sonst?«
»Ach, komm, du mit deinen Hirngespinsten. Wahrscheinlich bildest du dir das wieder ein. So wie vor drei Wochen, als du behauptet hast, in der Garage sei ein Einbrecher. Und dann war es eine Katze, die *du* versehentlich eingesperrt hast.«
»Könntest du trotzdem nachschauen? Du weißt, daß ich Angst habe.«
»Na ja, das hat ja nicht viel zu bedeuten.«
»Wie meinst du das?«
»Du hast doch schon immer vor allem und jedem Angst gehabt.«
Er konnte sich gut an das äußerst angenehme Gefühl des Triumphs erinnern, das er bei dieser Bemerkung Jessica gegenüber verspürt hatte. Seit er vor einem halben Jahr als Prokurist einer kleinen Computerfirma infolge Insolvenz arbeitslos geworden war, lag sein letztes derartiges Erfolgserlebnis schon lange zurück.
»Du bist gemein. Immer willst du der strahlende Held sein, immer du, du, du!«
»Kann es sein, daß du das Thema gewechselt hast?«
Verwirrt hatte sie ihn angeschaut. »Ich hab' nun mal Angst vor Hornissen und Bienen und Wespen. Was ist daran so schlimm?«
»Ach ja, aber gestern, die angebliche Hornisse im Schlafzimmer, die hast du rausgeworfen!«
»Ich habe das Fenster aufgemacht und irgendwann ist sie von selbst rausgeflogen. Außerdem bin ich als Kind schon mal von einer Hornisse gestochen worden.«
»Das ist ja was ganz Neues.«
Eine zweite Hornisse krabbelte aus seinem Mund, bewegte sich nach oben, um schließlich auf seinem linken Auge sitzenzubleiben. Dorian spürte, wie sich sein ganzer Körper von oben bis unten verkrampfte. Hätte er nur auf Jessica gehört und sich um diese fliegenden Bestien gekümmert. Wahrscheinlich hatten sie sich über Nacht an einer besonders dünnen Stelle des Dachbodens durchgefressen, waren schließlich durchgebrochen. Dorian überlegte krampfhaft, was er tun sollte, was er tun konnte. Schreien kam nicht in Frage, dazu hatte er (Dorian mußte bei diesem Gedanken innerlich bitter auflachen) die Schnauze zu voll. Vielleicht Klopfzeichen geben? Vorsichtig hob er seine rechte Hand an, doch prompt hob auch die Hornisse auf seiner Nase von derselben ab, um gleich darauf an seiner Hand vorbeizufliegen, wie ihm der leichte Luftzug deutlich verriet. Längst schon schwitzte er dermaßen unter der Bettdecke, daß er meinte, in einer Pfütze zu liegen. Von links oben näherte sich eine andere Hornisse. An dem dunklen Brummton erkannte Dorian, daß sie sich irgendwo

links, auf Höhe seiner Hüfte, auf dem Bett niedergelassen haben mußte. Warum nur hatte sich seit seiner Entlassung alles gegen ihn verschworen? Konnte das Leben mit fünfunddreißig wirklich schon vorbei sein? Sollte das alles gewesen sein? Abermals packte ihn der Schluckreiz. Und wieder quittierte eine der Hornissen die überraschende Muskelbewegung mit einem bösen Brummen. Dorians Herz mußte jeden Augenblick bersten, so schnell schlug es.

»Also, was ist nun? Kümmerst du dich um die Hornissen, oder soll ich die Feuerwehr rufen?«

»Ja, sicher, die Feuerwehr. Damit die ganze Nachbarschaft über mich lacht. Willst du das?«

»Wieso sollen die über dich lachen? Die Feuerwehr zu holen ist doch vernünftig.«

»Du meinst, es ist vernünftig, die Feuerwehr zu holen, weil du mit einem Versager zusammen bist.«

»Was willst du damit schon wieder sagen?«

»Du weißt genau, was ich damit sagen will. Zuerst verliert dein Mann, dieser Versager, seine Arbeit. Dann findet er keine neue mehr. Und schließlich ist er auch noch zu dämlich, um so ein popeliges Hornissennest zu beseitigen.«

Hätte er nur gestern nachgeschaut. Zeit hatte er ja genug. Mehr als genug. Doch jetzt war es zu spät. Vielleicht sollte er einfach aufspringen. Erst jetzt spürte er das Krabbeln auf seinem linken Oberschenkel. Mühsam, aber trotzdem zielstrebig näherte es sich seinem Schritt. Hätte er nur Jessicas Wunsch befolgt und eine Pyjamahose getragen. Aber zumindest hatte sich das Aufspringen damit auch erledigt. Dorian begann zu heulen, ein wildes Schluchzen bemächtigte sich seines Körpers, ließ ihn erzittern.

»Du mußt ganz ruhig bleiben, Liebster«, versuchte ihn in diesem Moment eine Stimme zu beruhigen. Jessica. Dorian spürte den Luftzug, als sie mit einer wischenden Bewegung die Hornisse auf seinem Auge vertrieb, und schlug die Augen auf. Jessicas weißer Arztkittel schien im düsteren Licht des Zimmers zu leuchten. Er war froh, daß sie in diesem Licht seine Tränen nicht sehen konnte.

»Erschrick bitte nicht, aber ich werde dir jetzt ein Antiserum spritzen für den Fall, daß dich doch noch eine von den Hornissen stechen sollte.«

Geschickt setzte Jessica die Nadel an seiner rechten Armvene an. Es dauerte nicht lange, bis sie fertig war. »Und jetzt zeig mir bitte vorsichtig, wo sie überall sitzen.«

Dorian wunderte sich noch darüber, daß Jessica die Vorhänge nicht aufzog, als heftige Krämpfe ihn packten.

»Tja, mein Liebster, du hast wie immer recht: Was soll ich mit einem Versager? Deshalb habe ich heute morgen, nachdem ich aufgestanden bin, dafür gesorgt, daß du ein wenig länger schlafen kannst. Danach habe ich ein paar der gestern von mir betäubten Gäste zu dir ins Bett gelegt. Du magst Hornissen ja. Aber einen Trost habe ich für dich: Es wird nicht lange dauern. Ich muß nur noch dafür sorgen, daß mir jeder meine Geschichte glauben wird.«

Woraufhin sie der Decke über seinem Schritt einen kräftigen Schlag versetzte, bevor sie ihm den Mundöffnungsspanner aus dem Mund nahm und diesen zudrückte. Die Hornissen reagierten sofort.

Hotel

Das Leben hatte den Schlüssel zu seiner Wohnung bereits abgezogen. Von außen. Seine Biologie wußte es nur noch nicht.

Er starrte zum Fenster hinaus, sechsundsiebzig lange Jahre im Blick. Das nächtliche Leben draußen gaukelte ihm vor dazuzugehören, schleuderte bunte Lichtblitze gegen die von seinem Atem beschlagene Scheibe. Er blinzelte, drehte sich um und wollte hinausgehen, noch einmal dem Leben zeigen, was für ein Kerl er war. Die Nacht mit dem Schlüssel zu seiner Wohnung war schneller. Sie packte ihn ein, so wie es diese Nacht zu tun pflegt, in dem Moment, als er die Tür erreicht hatte und erstaunt feststellte, daß irgend jemand den Schlüssel abgezogen hatte. Von außen.

Alte Liebe

»Aber ich bitte dich, mein Wölkchen! Du weißt doch, daß Tanzen schon immer meine schwache Seite war. Ich trete dir bestimmt wieder auf deine Füße. Wie damals, weißt du noch? Wir waren auf dem Fest von Karlheinz Böhm und Romy Schneider, kurz nach dem großen Erfolg von ›Sissy‹. Ich bin dir während des Walzers auf deinen rechten Fuß getreten, so daß dein großer Zeh tagelang rot war wie eine Kindernase nach einer Schneeballschlacht.«

Er sah sie schmunzeln und wußte, daß er nicht um den Tanz herumkommen würde. Und insgeheim war er stolz darauf, auch heute noch ihr unbestrittener Star zu sein.

So wie damals, als ihm von allen Seiten eine atemberaubende Karriere beim Film prophezeit worden war. Manche hatten ihn von seinem Talent her auf eine Stufe mit Heinz Rühmann, Hans Söhnker und anderen gestellt. Ja, die beiden gehörten zur Creme des Films, und doch konnte keiner von ihnen den Typ des Dandys so exquisit darstellen wie er. Er erinnerte sich noch sehr genau an die Szene in der Komödie »Lach doch auch am Abend«, als er beleidigt sein mußte, nachdem die Gastgeberin, die gleichzeitig die Hauptdarstellerin war, ihn den ganzen Abend hatte links liegen lassen. Er war so gut gewesen, daß sogar der gefürchtete Kritiker von der »Morgenpost« ihm bescheinigte, die Hauptdarstellerin in den Schatten gespielt zu haben. Natürlich war es auch überzeugend gewesen, wie er ihr beim Abgang in dieser Szene die Hand küßte, als wenn er die erquickendste Unterhaltung mit ihr gehabt hätte.

»Und du möchtest wirklich mit mir tanzen, mein Wölkchen?«

Er bemühte sich, seiner Stimme einen gelangweilten Klang zu geben. Sie sagte nichts dazu, lächelte nur. Ach, wie er dieses Lächeln liebte, es Tag für Tag aufsog. Sie war auch heute noch sein bestes Publikum. Und wenn sie lächelte, wußte er, daß er seine Rolle gut spielte. Mit einer elegant nachlässigen Bewegung strich er sich nun über sein Haar und machte einen Schritt auf sie zu. Ihr Lächeln verstärkte sich. Er wußte warum: Sie lachte wegen seiner Glatze. Aber er konnte es nicht lassen. Die Bewegungen von damals steckten einfach in ihm drin. Er war ein begnadeter Schauspieler.

»Du lachst mich aus, Wölkchen«, hielt er ihr beleidigt vor. »Warum? Spiele ich heute schlecht?«

Er stellte sich vor den Spiegel mit dem verschnörkelten Rahmen und rückte den Knoten seines Morgenmantels wieder zurecht. Dann beugte er sich so weit vor, daß von seinem Atem das Glas beschlug, bevor er mit Daumen und Zeigefinger ein hervorstehendes Haar aus den Wimpern zupfte.

»Du denkst jetzt bestimmt wieder, ich sei eingebildet.«

Mit einem energischen Ruck drehte er sich zu ihr um.

»Ich habe doch recht, Wölkchen? Nein? Aber ich sehe es dir an. Du weißt doch, daß Schauspieler die besten Psychologen sind.«

Er hörte ihr beruhigendes Nein und war zufrieden. Seine Hände in die Manteltaschen schiebend, stolzierte er durch das Zimmer. So wie damals in der Kriminalkomödie »Müssen Morde traurig sein?«. Kurz darauf war er von dem Schuß des Mordschützen tödlich getroffen worden. Es war eine der ersten Szenen des Filmes gewesen und in einer seriösen Zeitung war danach bedauert worden, daß er sich so früh vom Publikum hatte verabschieden müssen. Schuld war das Drehbuch gewesen; er hatte sofort bemängelt, daß es ihm diese Rolle beinahe unmöglich machte, sein ganzes Können ausspielen zu können. In »Heißes Eis und kalte Liebe« oder »Der Sandmann schläft heut' nacht allein« war es genauso gewesen. Nie hatte er die entscheidende Rolle bekommen, mit der er die Leinwand hätte erobern können.

»Wenn es dein Wunsch ist, Wölkchen, tanze ich natürlich mit dir. Du mußt eben achtgeben auf deine Füße. – Wie? Ich kann auch aufpassen? Natürlich! Wie wenn ich dir schon einmal mit Absicht auf die Füße getreten wäre. Bist du böse auf mich? Nein! … Ich rede nur zuviel?«

Scheinbar zaghaft läuft er auf sie zu und versucht dabei, sie mit seinem vielgerühmten gewinnenden Lächeln zu beeindrucken. Nachsichtig lächelnd wartet sie auf ihn.

»Oh, entschuldige bitte, Wölkchen, ich habe die Musik vergessen. Ist es nicht komisch? Immer vergesse ich die Musik, wenn du mit mir tanzen möchtest. Aber ich liebe dich – glaubst du mir? Was soll ich auflegen? ›Strangers in the Night‹, gespielt von Bert Kaempfert, oder ›Tanze mit mir in den Morgen‹ mit Gerhard Wendland? Ach nein, ich weiß was: ›Wenn erst der Abend kommt‹ mit Peter Alexander. Das ist doch dein Lieblingslied.«

Peter Alexander singt bereits, als er mit weichen, federnden Schritten bei ihr angelangt ist. Er sieht nicht, daß die Zimmertür aufgeht. Und er sieht auch nicht den nachdenklich blickenden Stationspfleger, der nicht darüber lacht, daß er mit verträumtem Blick durch das Zimmer tanzt, in den Händen ein Bild mit dem Gesicht einer Frau, um deren Lippen ein zartes Lächeln spielt. Der Pfleger schließt die Tür wieder, leise, stört nicht das Glück des alten Schauspielers.

Marlene strickt eine Leiche

Sobald es Marlene gelang, Menschen oder Gegenstände zu verniedlichen, die ihr Angst einjagten, wuchs ihr Mut. Schon als Kind hatte sie ihre Ängste aufgelöst, indem sie einfach auf den nächstbesten Baum oder den alten Holzschuppen neben dem Haus geklettert und der Gegenstand ihrer Angst von einer Sekunde auf die andere klein und nichtig geworden war. Manchmal reichte ihr auch die nächstliegende Anhöhe aus, die sie mit ihren flitzenden Nadelbeinen erklomm. Freilich war sie oft genug gezwungen gewesen, stundenlang in diesen Höhen auszuharren, bis der Anlaß ihrer Angst endlich verschwunden war.

Marlene beugte sich über die handgroße Lehmpuppe und beäugte sie aufmerksam. Dann nahm sie die nächste Nadel, hielt gespannt den Atem an, um sie dann sorgsam in das linke Fußgelenk zu drücken. Damit hatte sie die Puppe an den Füßen festgemacht. Diese rührte sich nicht und gab auch keinen Ton von sich.

Ted war genauso. Ted war ihr Mann. Aber Ted war auch der Mensch, der sich am meisten von allen über ihre Ängste und den angeblichen Voodoo-Mist lustig machte. Dabei konnte er ihre Erfolge beim besten Willen nicht bezweifeln. Marlene bedauerte noch heute, daß sie Ted am Anfang ihrer Liebe von dieser Magie erzählt und ihm einmal dabeizusein erlaubt hatte. Sicher, Frau Brahmstedt lebte noch. Aber das war kein Wunder, schließlich hatte Marlene der Brahmstedt-Puppe keine tödlichen Stiche versetzt. Gleichwohl war das für Ted Beweis genug dafür gewesen, daß sie in ihrer Kindheit wohl zuviel Schundromane gelesen hatte und darüber hinaus eine ausgeprägte Phantasie besäße. Diese Mißachtung von Ted ihr gegenüber wurde auch durch seine Behauptung nicht aufgewogen, daß er sie nicht zuletzt dieser Phantasie wegen liebte und schlußendlich geheiratet hätte. Er sagte es immer mit so einem anzüglichen Grinsen, so daß ihr von Anfang an klar war, wie er das meinte.

Mit den nächsten beiden Nadeln durchstach Marlene die Schultern der Puppe. Auch das ließ diese gelassen über sich ergehen. Indes wußte Marlene nur zu gut, welche Schmerzen Ted in diesen Sekunden tief in seinem Inneren an genau diesen Stellen in Wirklichkeit ertragen mußte.

Eigentlich hatte sie die Puppe recht gut hinbekommen, die Ted darstellen sollte. Auch er war mit den Jahren ein wenig aus der Form geraten. Nur seine prächtigen Haare hatten sich nicht im geringsten verändert: Schwarz und kräftig bildeten sie auch für die Augen von anderen Frauen viel zu oft einen Blickfang.

Wenn Ted jetzt mitbekäme, was sie gerade mit der Ted-Puppe anstellte, würde er wahrscheinlich nicht mehr über sie lachen. Aber bis er wieder in ihr Leben eintrat, hatte sie noch genügend Zeit, um ihm ausreichend Schmerzen zuzufügen. Bestimmt würde er sich dann in Zukunft davor hüten, ihr andeutungsweise mit Trennungsabsichten zu kommen. Er würde lernen, sich ihr gegenüber richtig zu benehmen. So wie es auch der Nachbarsjunge Martin gelernt hatte. Seitdem sie in die ihn darstellende Puppe zwei Stunden lang Nadeln gestoßen hatte, war es ihm nie mehr eingefallen, ihr seinen Sitzplatz im Bus nicht anzubieten, wenn alle anderen besetzt waren. Vielleicht sollte sie wieder öfter mit dem Bus fahren, um ihn zu einem Fehler zu veranlassen. Andererseits hatte sie genug Arbeit mit all den anderen, die sie auf alle möglichen Arten beleidigten oder sie gar tief in ihrem Inneren verletzten. Aber bis jetzt hatte sie noch jeden mit ihrer Rache getroffen. Keiner entkam ihr; die Zahl der Kranken in ihrer Umgebung nahm zu, wie sie aus vielen belauschten Gesprächen erfahren hatte. Manche deuteten in solchen Plaudereien und Unterhaltungen ihren Gesprächspartnern gegenüber zwar an, daß sie sich den einen oder anderen Schmerz vielleicht nur einbildeten, weil die Ärzte nichts feststellen konnten. Doch wenn es sich um Opfer ihrer Puppenrache handelte, lachte Marlene immer nur stillvergnügt und zufrieden in sich hinein, wußte sie schließlich als einzige über die wahren Hintergründe Bescheid.

Auch in Teds Kehle flutschte die Nadel reibungslos hinein. Sie würde sein Lästermaul zum Verstummen bringen.

Jemand kam die Treppe zum fünften Stockwerk hoch. Marlene horchte gespannt. Doch die Schritte tappten weiter, verloren sich in einem der oberen Stockwerke. Marlene überlegte, wie Ted wohl reagieren würde, wenn er von dieser Sache etwas mitbekäme. Würde er sie schlagen? Oder die Puppe zerstören? Oder sofort seine Koffer packen? Oder einen Arzt anrufen? Sie lachte leise auf. Hatte sie bereits soviel Angst vor Ted, daß sie sogar an der Macht ihrer Puppen zweifelte? Sammelte sich heute abend all die Angst ihres Lebens in diesem einen Menschen? So wie die Ted-Puppe vor ihr lag, würde Ted nichts von alledem mehr unternehmen können und nur noch froh sein, nach Hause zu kommen, um sich von ihr pflegen zu lassen. Dafür war sie noch immer gut genug gewesen. Glücklicherweise konnte Ted sie heute nicht überraschen, da sie absichtlich ihren Schlüssel von innen im Türschloß stecken gelassen hatte. Also war er gezwungen zu klingeln, und ihr blieb genügend Zeit, alles Verräterische zu verstecken.

Urplötzlich fühlte Marlene Haß in sich hochsteigen. Warum nur mußte sie dieses nur aus Angst bestehende Leben führen? Was hatte sie jemals falsch gemacht, daß die anderen es sich erlauben konnten, sie zu ängstigen und zu verletzen, wo immer und wann immer es nur ging? Sie hatte doch schon als Kind jeden Streit und Kampf vermieden, sich davongemacht und den anderen damit recht gegeben. Was wollten sie denn noch mehr? Ihr Leben? Nein und nochmals nein – das würden sie nicht bekommen! Und deshalb würde sie sich heute abend stellvertretend für alle an Ted rächen. Immerhin wäre es seine Aufgabe gewesen, sie vor dieser schrecklichen Welt mit ihren bösen Menschen zu beschützen. Und er hatte genau das zu Beginn ihrer Liebe auch versprochen, nachdem sie ihm in ihrem grenzenlosen Vertrauen oft genug gesagt hatte, daß sie häufig unter Angstzuständen litt.

Ihr Haß erreichte seinen Höhepunkt. Sie kannte sich selbst nicht mehr. Marlene packte zwei Nadeln gleichzeitig und rammte sie mit voller Wucht in Teds Unterleib und Herz.

Genau in diesem Moment klingelte es an der Tür. In Marlenes Gehirn drang es mit einem Lärm, als hätten sämtliche Kirchenglocken der Stadt auf einmal losgelegt, und es wirkte, als hätte jemand einen Eimer Eiswasser über ihren Kopf geschüttet. Marlene überlegte krampfhaft, wer der Besucher sein könnte. Und just in dieser Sekunde verwandelte sich die Ted-Puppe wieder in ihren mit Schlaftabletten vollgepumpten Ted, der vor ihr auf dem Bett lag mit all den Stricknadeln in seinem Körper, mit denen sie ihn aufgespießt hatte. Aus den Einstichstellen drang Blut, das seine Kleidung rot zu färben begann.

Ich habe sie fortgeschickt

Ich habe sie fortgeschickt. Alle. Ich will allein sein. Mir ihre Gesichter einprägen, wie sie waren, bevor sie es wußten. Zweiundsiebzig Jahre sind Zeit genug, um sich Gesichter einzuprägen. Kathrin hat geweint, wie sie immer weint in solchen Momenten. Dieses Weinen, herzlich, intensiv, lebensdurstig, hat sie nicht von mir. Ich habe stets schweigend geweint, unaufdringlich, mich selbst dabei beobachtend. Vielleicht hätte ich so wie Kathrin weinen sollen: sofort darauf bedacht, die Schatten werfenden Wolken zu vertreiben und einfach wieder in die Sonne zu treten. Kathrin wird ewig jung bleiben. Ich dagegen war bereits mit fünfzehn alt. Und müde.

Ich habe sie fortgeschickt. Müde Menschen altern schneller. Es ist niemand mehr da, der mir widersprechen könnte. All die Menschen in meinem Leben waren ein ständiger Widerspruch gegen diese Erkenntnis. Die Frauen. Sie haben mir ihre Jugend geschenkt, ihre Schönheit und ihre Lebenslust. Und mir damit widersprochen; ich meine, was die Müdigkeit betrifft. Sie haben es aus Liebe getan. Es war ein Wechsel auf das Leben. Auf ihr Leben. Meines hatte ich da bereits längst gelebt. Ein schönes Leben. Ich habe es genossen, jede Minute davon genossen, und werde es auch jetzt noch genießen, jede Sekunde genießen. Trotzdem habe ich sie fortgeschickt. Jean hat mir die Hände gedrückt, sanft, sorgsam darauf bedacht, mir keine Schmerzen zu bereiten.

»Ich kann die Schmerzen in deinen Augen sehen«, hat er gesagt. Leise, als wollte er mich nicht erschrecken. Ich habe versucht, diesen sanften Händedruck meines Freundes zu erwidern. Und seinem schmerzerfüllten Gesicht angesehen, daß es mir nicht gelungen ist. Ich habe gelächelt, um ihn zu trösten. Ich habe immer gelächelt, um andere zu trösten – oder um ihnen mein Erstaunen zu zeigen. Vieles hat mich erstaunt: die Kindheit, die Erwachsenen, die Jugend, der Aufbruch, die Frauen – das Leben. Ich habe mein Erstaunen über das Leben, das süße Leben, diesen wunderbaren Spiegel unserer Existenz, niemals verbergen können. Habe das freilich auch nie versucht. Das Staunen ließ mir keine Zeit dafür.

An der Tür hat Jean sich umgedreht. Wir wußten beide, daß es das letzte Mal war, daß wir uns in die Augen sehen würden, ich in seine feuchten, er in meine – ich weiß nicht, in was für Augen er gesehen hat. Niemand hat mir je gesagt, in was für Augen er sah, wenn er mir gegenüberstand. Die Augen sind der Spiegel der Seele. Das mag sein. Aber wessen Spiegel ist die Seele?

Kathrin wollte nicht gehen. Ihre Mutter war genauso. Immer wollte sie bleiben bis zum letzten Atemzug. Eine richtige Frau, eine Frau, die ich geliebt habe. Ich liebe alle Frauen, habe sie immer geliebt. Oder habe ich nur gestaunt über sie? Sie waren es allesamt wert, erstaunt zu sein. Frauen sind das Leben. Ich habe das Glück gehabt, ein schönes Leben gelebt zu haben. Ob ich auch den Frauen Glück gebracht habe, wer weiß das? Ich war immer zu sehr mit dem Staunen beschäftigt, um mir darüber Gedanken machen zu können. Staunen ist der schwerste Teil des Lebens. Besonders für müde Menschen. Es ist gleich dem Gang durch eine fremde Stadt. Wenn diese Stadt dann noch aus Frauen besteht, wird sich kein Mann je darin zurechtfinden. Er wird manche Straßen und Gassen wiedererkennen, die eine oder andere Villa, auch die Slums und Viertel und Plätze mit all ihrem Schmutz und Elend, ihrem tiefgründigen Strahlen und ihrer prunkvollen Leere, aber er wird niemals heimisch werden in ihr. Wohlfühlen ja, auch abgestoßen sein, doch niemals heimisch. Er kann süchtig werden nach dieser Stadt namens Frau oder sie hassen, sie jedoch nie kennenlernen mit all ihren Winkeln und Wegen, ihren Schönheiten und Lastern, ihren Geheimnissen und Offensichtlichkeiten, so kennenlernen, daß er darin heimisch sein könnte. Um heimisch werden zu können, bedarf es der Gleichgültigkeit. Doch welchen Mann läßt eine Frau gleichgültig? Ich habe diese Stadt der Frauen durchstreift, mich von ihr bejubeln lassen ebenso wie demütigen. Heimisch geworden bin ich nie. Im Film mag das gelingen, wenn das Drehbuch es vorschreibt, sogar jedes Mal aufs neue. Nicht aber in der Wirklichkeit. Frauen sind Wirklichkeit und Phantasie zugleich. Ich habe nie versucht, sie zu erforschen. Wer würde schon versuchen, Rom an einem Tag kennenzulernen?

Jean ist fort. Kathrin auch. Sie hat sich nicht mehr umgedreht. Sie ist rückwärts aus meinem Zimmer gegangen, hat mich keine Sekunde aus den Augen gelassen, bis die sachte ins Schloß gezogene Tür uns trennte. Ab sofort werde ich in ihrer beider Leben ein Kilometerstein sein, eine Station, die, im Rückblick, von Jahr zu Jahr kleiner wird. Eines Tages werde ich nur noch ein warmer Hauch sein, der hin und wieder ihre Wege quert und ihrer Erinnerung die Wange streichelt wie einem Kind, das gerade einschläft. Ich habe sie fortgeschickt. Es ist nicht schön, ein Kilometerstein im Leben derer zu sein, die zurückbleiben. Besonders wenn es mit dem eigenen Tod verbunden ist. Nein, es ist nicht schön – vor allem für die anderen.

Serie

Er rollte die Leiche den Abhang hinunter. Er tat es ruhig und gelassen. Wie immer. Trotzdem wunderte er sich auch heute noch über seine Ausgeglichenheit in solchen Momenten. Besonders danach. Wenn er an die explosive Unruhe davor dachte.

Er stieg in sein Auto, fuhr den endlos langen Feldweg zurück zur Straße, fädelte sich ordnungsgemäß in den fließenden Verkehr ein. Unauffällig gelangte er nach Hause. Und stellte überrascht fest, daß neue Unruhe in ihm zu keimen begann. Die Abstände wurden fortwährend kürzer. Wenn das so weiterging, fand er alsbald überhaupt keine Ruhe mehr. Gott sei Dank hatte er Erfahrung im Umgang mit diesen Erschütterungen. Dagegen anzukämpfen war sinnlos, hatte er längst aufgegeben.

Er blieb nicht lange zu Hause. Warum auch? Warum sollte er aufhören, jetzt, wo er gerade dabei war? Und wo es doch so schön war, daß niemand anderer es je verstehen würde.

Was Herr Ernst
auf den Tod nicht ausstehen kann

Herr Ernst blieb stehen, als die spitzen Schreie sich in die nächtliche Stille krallten. Mit einem kurzen Befehl nahm er seinen Hund bei Fuß.

»Nicht mal bei Nacht hat man seine Ruhe«, sagte er halblaut zu seinem Begleiter, dessen schwarzes Fell ihn nahezu unsichtbar machte. Der gab ein zustimmendes Knurren von sich. Herr Ernst überlegte, was er tun sollte, so kurz nach Mitternacht. Diese Zeit war ihm am liebsten, denn meistens war dann außer ihm niemand mehr unterwegs. Da wälzte sich abermals ein spitzer, langgezogener Schrei durch die schmale Gasse zu ihm hin. Mißmutig furchte er seine Stirn.

»Da wollen wir doch mal nach dem Rechten sehen«, beschloß Herr Ernst und bewegte sich nunmehr zügig in Richtung der Quelle des Schreis. Er wußte, daß sich am Ende der Gasse ein kleiner Platz auftat, dessen Bild der offen dahinfließende Stadtbach mit ein paar Kastanienbäumen und mehreren Ruhebänkchen bestimmten.

Kaum hatte er sich dem Ende der Gasse genähert, hörte er zwei Stimmen; eine männliche und eine weibliche. Vermutlich war die Frau es gewesen, die geschrien hatte.

»Komm jetzt endlich wieder rüber, du verdammte Schlampe«, sagte ein kleiner, gedrungener Mann eben zu einer jüngeren Frau. Während sie hinter dem sichernden Geländer stand, hatte er sich auf der anderen Seite vor ihr aufgebaut. Trat die Frau also auch nur den kleinsten Schritt zurück, stürzte sie ins Wasser. Sowohl ihr Gesicht als auch das des Mannes konnte Herr Ernst bei dem fahlen Licht der Straßenbeleuchtung kaum erkennen. Allerdings meinte er ausmachen zu können, daß die Frau weinte. Und was er ebenfalls, sogar deutlich erkennen konnte, war das blitzende Messer, mit dem er vor ihrem Gesicht herumfuchtelte.

»Nein, nein, ich will nicht«, schluchzte die Frau. Erst jetzt fiel Herrn Ernst das Grollen des Wassers im Stadtbach auf. Nun, es hatte die letzten Tage geregnet und entsprechend war der Pegel des sonst träge fließenden Wassers gestiegen. Für die Frau erhöhte sich die Gefahr dadurch um ein Vielfaches; vor ihr das Messer am Hals und hinter ihr das reißende Wasser.

»Nein, nein, ich will nicht«, äffte der Messermann sie nach. »Von wegen, das würde dir so passen: Mich erst scharfmachen und dann einen Rückzieher machen. – Entweder du kommst jetzt sofort rüber, oder du kannst dir raussuchen, ob du lieber ersäufst wie eine Ratte oder ob ich dir deine verdammte Kehle durchschneide.«

Wenn Herr Ernst daran dachte, daß heute der erste schöne Tag seit langem gewesen und es auch jetzt noch angenehm mild war, gruben sich die Zornesfalten noch tiefer in seine Stirn. Und dann dieser Lärm!

»Lassen Sie sofort die Frau in Ruhe!« sagte Herr Ernst mit lauter, klarer Stimme, ohne Rücksicht darauf zu nehmen, daß er sich damit selbst in Gefahr brachte. Aber darauf hatte Herr Ernst noch nie geachtet.

Der Mann fuhr herum, während die Frau ein erschrecktes Glucksen von sich gab. Sofort nahm der Mann eine bedrohliche Haltung gegenüber Herrn Ernst ein, derweil die Frau zur Salzsäule erstarrt schien.

»Was willst du alter Sack hier? Verschwinde!«

Als wollte er seine Aufforderung damit bestätigen, machte der Mann einen ersten Schritt auf Herrn Ernst zu, hielt jedoch sofort inne, als dessen Hund ein gefährliches Knurren von sich gab. Damit hatte er offenkundig nicht gerechnet.

»Oh, doch, diese Sache geht mich sehr wohl etwas an. Sogar sehr viel. Von daher fordere ich Sie jetzt noch einmal auf, die Frau loszulassen.« Auch jetzt wunderte sich Herr Ernst ein wenig über die Ruhe und Selbstverständlichkeit, mit der er dieser Situation gegenübertrat. Beinahe gemächlich verringerte er den Abstand zu den beiden am Brückengeländer. Beiläufig nahm er wahr, daß es plötzlich frisch geworden war.

»Bleib stehen, du alter Sack, oder ich schneide ihr die Kehle durch.«

Seine Stimme war viel zu laut, überschlug sich beinahe. Mit einer schnellen Drehung hatte er sich wieder der Frau zugewandt und sie mit seiner Linken gepackt.

Herr Ernst sagte jetzt nichts mehr, sondern ging auf die beiden zu, seinen Blick starr auf den Gedrungenen richtend. Woraufhin dieser sein Messer abermals gegen Herrn Ernst schwenkte, ohne jedoch die Frau mit seiner Linken loszulassen. In seinen Augen erkannte Herr Ernst trotz des schlechten Lichts Angst. Das überraschte ihn nicht; längst wußte er, daß sich die meisten Menschen durch entschlossenes Auftreten verunsichern oder gar ängstigen ließen. Sekunden später setzte der brave Hund an seiner Seite zum Sprung an. Doch noch bevor er den Gedrungenen mit einem mächtigen Satz erreichte, sackte dieser in sich zusammen, ähnlich einem Luftballon, dem die Luft entwich. Gleich darauf lag er auf dem Boden und rührte sich nicht mehr. Die Frau stützte sich mit beiden Händen am Geländer ab und atmete tief durch.

»Mein Gott, bin ich froh, daß Sie mir geholfen haben«, sagte sie mit einer Stimme, der ihre ganze Erleichterung anzuhören war. Trotzdem klang sie immer noch schrill. Unangenehm schrill. »Sie sind wirklich im letzten Moment gekommen. Dieses Schwein hätte mich eiskalt ersaufen lassen oder mir die Kehle durchgeschnitten. Vielen herzlichen Dank.«

Herr Ernst sagte nichts. Freundlich lächelnd wartete er ab, daß die Frau sich beruhigte. Sie war tatsächlich noch ziemlich jung – und in ihrem knappen T-Shirt recht hübsch.

»Wie kann ich Ihnen nur jemals danken? Wie heißen Sie?«

»Herr Ernst«, sagte Herr Ernst mit einer Stimme, die trotz der zurückliegenden aufregenden Minuten nicht das geringste Zittern erkennen ließ.

Die Frau verharrte kurz, um dann lauthals loszuprusten. Anscheinend fiel erst jetzt die ganze Anspannung der gerade überstandenen Gefahr von ihr ab. Sekunden später ließ die Frau das Geländer endlich los. Sie breitete ihre nackten Arme aus, offensichtlich um Herrn Ernst zu umarmen. Nur noch Zentimeter von ihm entfernt, versetzte Herr Ernst ihr einen sanften, aber nachdrücklichen Stoß. Tonlos fiel sie nach hinten in das grollende Wasser. Ihre Augen spiegelten grenzenloses Entsetzen wider.

Als Herr Ernst seinen nächtlichen Spaziergang fortsetzte, sah er ausgesprochen zufrieden aus. Er liebte sie, diese wunderbare Stille.

Letzte Zuflucht

Sie hat das Treppenkehren abgebrochen. Zu viele Leute. Sie geht in ihre Wohnung zurück, schließt sorgfältig ab, vergißt nicht die Sicherheitskette einzulegen. Sie lehnt sich mit dem Rücken gegen die Tür. Ist erschöpft, erleichtert. Aber sie lacht nicht. Nie! Sie haben es ihr herausoperiert. Vor vielen Jahren. Es war eine lange Operation. Ein Leben lang. Ohne Skalpell. Das Werkzeug: Worte, immer wiederkehrende Worte.

In der Nähe quietschen Bremsen. Sie gibt sich einen Ruck, geht ans Fenster. Die Sonne. Maria will sie aufsaugen, den Regen der letzten Tage vergessen. Sie wirft einen schnellen Blick in Richtung Küche. Nicht sie. Ihre Augen. Ihr Denken. Die kleine Küche, vor ihr hat sie Angst, haßt sie. Die alten Schnitte schmerzen. Heute noch. Sie eitern und verheilen nicht.

Du dummes Kind! Paß doch besser auf! Nimm dir deine Klassenkameraden als Vorbild. Du wirst immer dumm bleiben! Nicht schlagen, Papi, nicht schlagen. Mami, Mami – Hilfe!

Sie konzentriert sich mit aller Kraft auf das Fenster, auf die Sonne. Sieht an der gegenüberliegenden Häuserfassade für Sekundenbruchteile etwas funkeln. Er ist wieder da. Am Fenster. Mit seinem Fernglas. Sein Fernglas ist ihre Küche. Auf dem Gehweg vor dem Wohnblock gegenüber spielen drei Mädchen Seilhüpfen. Sie haben schöne lange Haare.

Die Küchentür geht auf. Einladend. Nein! Sie darf da nicht hineingehen. Es ist hell da drin. Heller als hier in der Sonne. Sie muß standhaft bleiben! Darf Vater und Mutter nicht enttäuschen.

Du böses Mädchen. Warst du wieder nicht brav?! Böse rote Haare. Wir müssen sie dir wieder schneiden.

Nein – bitte nicht! Meine langen roten Haare.

Halte still, böses Mädchen. Schau dir deinen Bruder an. Er ist brav. Mutter, gib ihm Schokolade. Er hat es verdient. Braver Junge. – Halt endlich still! Gleich sind sie weg, die roten Haare. Weine nicht. Es ist nur gut für dich. Du wirst deinen Eltern noch dankbar sein. Los, geh zum Spiegel und schau dich an. Du sollst zum Spiegel gehen!

Sie nimmt den Spiegel aus ihrer Schürzentasche. Er ist klein und ihr einziger, aber er reicht. Doppelkinn, fette Wangen, Runzeln, Falten, dunkle Ringe, leere Augen, rote Ränder. Rot. Ihre Haare. Kurz, häßlich. Aber Vater gefällt es. Mutter sagt nichts. Ist in der Küche, wo Geschirr klappert. Laut klappert – zu laut! Sie kann mich nicht hören. Ihr eigenes Kind.

Die offene Küchentür lockt, drängt. Komm herein.

Jetzt schau dir das dumme Ding an. Fliegt doch einfach in den Spiegel hinein. Jetzt ist er kaputt. Das schöne Stück. Böses Mädchen! Warte, ich hole den Stock. Bub, dreh das Radio lauter und dann komm her. Schau zu. Papa muß deine Schwester erziehen. Wie bin ich froh, daß du wenigstens brav bist. Komm her, du böses Mädchen. Leg dich auf meine Knie.

Mami, Mami, hilf. Ich habe es doch nicht gewollt. Bitte nicht, bitte!

Das Geschirr klappert lauter. Die Küchentür geht zu. Vater meint es gut mir ihr. Es tut weh. Die vielen Schnitte. Sie weint. Kurz nur und tränenlos. Sie hat keine mehr. Das rote Haar ist kurz. Nur nicht wachsen lassen, der Vater mag es nicht. Es klingelt. Sie zuckt zusammen. Wartet. Es klingelt erneut. Maria wartet. Das Klingeln hört nicht auf. Laut, so laut – viel zu laut. Sie geht zur Tür. Sie prüft die Sicherheitskette, bevor sie öffnet.

»Guten Tag, Frau Selb. Ich ...«

Unsichere Blicke streifen ihr Gesicht, ihre Falten und ihre Blässe.

»Ich bin Student und möchte mir nebenher ein wenig Geld verdienen. Können Sie eine Fernsehzeitschrift gebrauchen?«

Sie schaut ihn an, durch ihn hindurch, schüttelt den Kopf.

»Nein!« Sie sagt es leise, ganz leise.

Der Mann ist verwirrt. Schaut sich um und sieht die Treppe zum nächsten Stockwerk. Er fragt nicht mehr und setzt nicht nach. Sonst schon. Er murmelt danke, dreht sich um und eilt die Treppe hoch.

Sie schließt die Tür, läßt die Kette im Schloß. Geht in ihr kleines Zimmer zurück. Ihr Reich: wohnen, essen, schlafen.

Böse Haare, böses Mädchen. Bringst nur Unglück ins Haus. Dein Bruder, der brave Bub, ist nur wegen DIR gestorben. DU hast nicht auf ihn aufgepaßt, obwohl DU älter warst. Böses Ding. Aus dir wird nie etwas. Bringst allen nur Unglück. Bleib lieber allein!

Die Küchentür lockt weiter: Stell dich nicht so an und komm herein!

Nein, nein! Sie darf da nicht hineingehen. Den kleinen Spiegel steckt sie wieder weg. Die Schnitte. Diese lange Operation.

Sie werden nie Kinder bekommen können! Wir müssen sofort operieren, es ist Krebs, fortgeschrittenes Stadium. Warum sind Sie nicht schon früher gekommen?!

Bitte nicht schneiden.

Es muß sein! Ist nur zu Ihrem Besten.
Sie schreit, doch keiner hört sie. Die Narkose wirkt schnell.
Dann wacht sie auf. Hört nichts, sieht nichts, denkt nichts, fühlt nur. Ihre Frau ist weg. Herausoperiert. Ein Stück Fleisch. Operation gelungen.

Sie wendet sich vom Fenster ab. Der Mann mit dem Fernglas interessiert sie nicht. Jeder hat sein Fernglas. Langsam geht sie zur Küche. Es wird heller, je näher sie der Tür kommt. Sie stockt kurz. Die Schnitte! Jetzt ist sie drin, die Mutter geht hinaus. Sie ist allein.

Bleib doch da, Mami.

Ihre Mutter hört sie nicht.

Lärm. Kinderlärm vom Hinterhof. Sie schaut hinaus. Zum einzigen Fenster, das klein und schmutzig ist. Da spielen sie, lachen, schreien und weinen.

Sie dreht sich zum Kühlschrank um und öffnet ihn. Die Innenbeleuchtung ist kaputt. Er ist alt. Aber er kühlt noch gut. Sehr gut sogar. Auch die vielen Flaschen, die sie anstrahlen. Sie nimmt eine heraus, öffnet sie, hält sich am Kühlschrank fest und setzt zum Trinken an. Endlich tun sie nicht mehr weh, die Schnitte. Jetzt nicht mehr.

Drei Leichen ohne Führerschein

Wer behauptet, für Mord gäbe es keine Entschuldigung, der irrt. Mir fällt es nicht schwer, das anhand der Geschichte meiner drei Brüder zu beweisen, die ich gestern abend endlich dorthin befördert habe, wo sie seit ihrer völlig überflüssigen Geburt bereits hingehören: auf unseren kleinen Stadtfriedhof.

Die Unverschämtheiten der drei begannen schon mit ihrer Geburt. Damals kamen sie nämlich alle drei auf einen Schlag wie ein Wasserfall aus dem Bauch unserer Mutter geschossen. Mir, der ich dieses unheilverkündende Ereignis durch das Schlüsselloch des elterlichen Schlafzimmers beobachtete, war natürlich sofort klar, was diese Eintracht seitens meiner Brüder bedeutete: Es war eine Kriegserklärung an mich, der ich mit allen Vorrechten eines Einzelkindes ausgestattet war. Am Gesichtsausdruck meiner Eltern erkannte ich, daß auch sie bereits damals offenbar Schlimmes ahnten. Sie sollten recht behalten.

Anfänglich begnügten die drei sich damit, unser abgelegenes Haus mit ihrem höllischen Geschrei vollzuplärren. Dieses bewog meinen Vater schließlich dazu, sowohl das Kofferradio als auch das erst kurz zuvor gekaufte Schwarz-Weiß-Fernsehgerät bei der Behörde abzumelden, um sich mit den eingesparten Gebühren Windeln und Ohrenwatte zu kaufen. Meine heftigen und mit Schuldzuweisungen an meine Brüder verbundenen Proteste verhallten ungehört. Also nahm ich mit meinen damals vier Jahren die Kriegserklärung der drei Schreihälse an und spielte meine körperliche Überlegenheit aus, indem ich allen fortwährend Kissen oder Decken über ihre Köpfe legte. Dabei achtete ich natürlich darauf, daß es immer wie Zufall aussah. Da sich meine Mutter aber bereits an ihr Geschrei gewöhnt hatte und es beim Ausbleiben sofort vermißte, entdeckte sie es jedesmal gerade noch rechtzeitig.

Eine andere Unverschämtheit war, daß ich von ihrer Geburt an aufgrund ihrer kostenaufwendigen Gefräßigkeit auf meine geliebte Schokolade verzichten mußte. Dafür rächte ich mich dergestalt, daß ich ihnen einige Male den Belag ihrer ständig gefüllten Unterhosen in die Gesichter und die Hände schmierte. In die Hände deshalb, damit es so aussah, als hätten sie es selbst getan. An ihrem anschwellenden Geschrei erkannte ich, daß ihnen das ziemlich gestunken hat.

Leider konnte ich trotz all meiner Kriegslisten nicht verhindern, daß die drei mit der Zeit größer, dicker und kräftiger wurden. Also war ich gezwungen, meine Kriegsführung auf technische Möglichkeiten umzustellen. Dabei kam mir meine angeborene Fähigkeit im Umgang mit Technik zugute. Daß ich diese Fähigkeit besaß, bewies ich meiner Mutter schon mit knapp einem Jahr, indem ich ihr meinen Schnuller beim Trockenlegen derart geschickt in ihr linkes Auge drückte, daß nur eine zeitraubende Operation sie vor schlimmeren Folgen bewahrte. Deshalb schaut sie mich heute noch mit schiefen Blicken an.

Auch meine drei unfähigen Brüder erkannten bald meine Vorherrschaft auf dem Gebiet des Turmbaus mit Holzklötzchen an, nachdem sich ihre Türme meinen stürmischen Versuchen zur Überprüfung der Standfestigkeit regelmäßig nicht gewachsen zeigten. Damals begriff ich auch, daß Fähigkeiten allein nicht ausreichen, um siegreich zu sein. Mindestens genauso wichtig sind die Bereitschaft und der Wille, diese Fähigkeiten auch gegen Widerstände durchzusetzen. Mit anderen Worten: Meine drei Brüder schrien, und ich handelte.

Gleichwohl mußte ich im Alter von zehn Jahren erschreckt feststellen, daß sich die drei offensichtlich ebenfalls Gedanken über ihre Kriegsführung machten. Damals erkannte ich nämlich, daß die drei mich bereits um einen Kopf überragten. Daran konnte auch meine alte Kriegslist nichts ändern, schon seit jeher ihre Schuhe regelmäßig in den Mülleimer zu werfen.

Zunächst überlegte ich mir, ob ich unseren Vater bitten sollte, ihnen das Wachsen zu verbieten. Doch der war nur noch ein Schatten seiner selbst, hatte die wie gesagt überflüssige Geburt der drei nie verkraftet und schleppte sich immer noch mit der Watte in den Ohren als Alkoholiker durch die Gegend. Auf Mutter konnte ich ebenfalls nicht zählen, da sie längst zu den dreien übergelaufen war. Sie hatte sich sowohl von deren gleichen Aussehen als auch von ihrer angeblichen Klugheit völlig gefangennehmen lassen. Dabei bestand ihre Klugheit meiner Ansicht nach allein darin, daß sie mich nie körperlich bekämpft hatten, sondern ausschließlich durch Bemerkungen hinsichtlich meines Geisteszustandes. Vermutlich wollten sie mich verrückt machen. Jedenfalls wurde mir damals vor vier Jahren klar, daß ich nunmehr Nägel mit Köpfen machen mußte.

Es dauerte dann aber trotz meiner vielfältigen Versuche, ihren überfälligen Abschied zu beschleunigen, bis gestern abend, bis ich endlich Erfolg hatte. Zwar fällt in dieses halbe Jahr ein Krankenhausaufenthalt des Letztgeborenen, nachdem ich ihm über eine geschickt manipulierte Schaukelaufhängung zu einem beeindruckenden Freiflug mit abschließender Landung an unserem einzigen Apfelbaum verholfen hatte. Doch es gelang mir einfach nicht, alle drei zusammen und auf einmal auszuschalten.

Gestern abend nun hatte ich den entscheidenden Einfall. Auf ihn kam ich, als einer der drei unseren Vater bekniete, sie nach Wochen endlich wieder einmal in unserem alten, abgemeldeten Passat mit Automatikgetriebe mitfahren zu lassen. Da Vater aber völlig betrunken und zu keiner Antwort fähig war, nahm ich meinen Bruder auf die Seite und bot ihm an, mit mir zu fahren. Ich selbst hatte das Autofahren in den letzten zwei Jahren unter dem Mantel der Verschwiegenheit von meinem Vater gelernt. Erwartungsgemäß rief mein Bruder, hellauf begeistert von meinem Vorschlag, sofort nach den beiden anderen. Einer von ihnen meinte vorlaut, daß ich überhaupt nicht fahren dürfte, weil ich keinen Führerschein hätte. Ich behauptete einfach, daß nur Erwachsene einen solchen bräuchten, weil sie schon älter sind. Um ihr Mißtrauen endgültig zu beseitigen, verlangte ich einen hohen Preis von ihnen: Sie sollten vier Wochen lang alle Süßigkeiten, die sie bekamen, an mich abgeben. Sie schluckten einige Male schwer, während ich ihnen das unvergleichliche Erlebnis des Autofahrens in allen Farben beschrieb. Das gab schließlich den Ausschlag. Eilig nahm ich den Autoschlüssel vom Wandbrett und huschte auf leisen Sohlen mit den dreien zum Auto, das hinter dem Haus stand. Es begann bereits zu dämmern. Unsere Mutter würde allerdings noch lange genug an ihrer Putzstelle in der Stadt beschäftigt sein.

Es gelang mir sofort, das alte Vehikel zu starten, was die drei natürlich sehr beeindruckte. Vorsichtig drehte ich einige Runden auf einem benachbarten Feld, das vor einigen Tagen abgemäht worden war. Währenddessen überlegte ich, wo ich mein Vorhaben am besten verwirklichen könnte. Da fiel mir der Stadtfriedhof ein, der am Ende einer abschüssigen Straße liegt und von einer dicken Mauer umgeben ist.

Auf der Fahrt zu der Stelle fragte ich die drei, ob sie auch mal fahren wollten. Nachdem sie sich von der Überraschung über mein Angebot erholt hatten, überschlugen sie sich bald vor lauter Begeisterung.

Minuten später waren wir da. Ich hielt etwa zweihundert Meter von der Friedhofsmauer entfernt. Wie ich nicht anders erwartet hatte, wollten alle drei gleichzeitig fahren. Für meinen Plan war das natürlich günstig. Ich forderte sie auf, nebeneinander auf dem Fahrersitz Platz zu nehmen, so gut es eben ging. Dann gab ich dem rechts Sitzenden den Auftrag, ab dem Moment, wenn ich das Kommando gegeben hätte, mit seinem ganzen Gewicht auf das Gaspedal zu treten.

Die zwei anderen sollten sich mit aller Kraft am Lenkrad festhalten, damit das Auto nicht aus der Spur kam. Um zu verhindern, daß sie auf die Bremse traten, erzählte ich ihnen, daß dieses Pedal dazu diente, die Motorhaube zu öffnen, sie dann also nichts mehr sehen würden. Endlich hatten sie alles begriffen. Von der Beifahrerseite aus stellte ich den Wählhebel der Automatik auf D, löste die Handbremse und schrie dann: »Jetzt!«

Angenehm überrascht stellte ich fest, daß es ihnen tatsächlich gelang, den Passat bis zum Aufprall auf die Mauer in der Spur zu halten. Eine Viertelstunde später eilte ich nach Hause, nachdem ich sicher war, daß die ganze Sache ein durchschlagender Erfolg geworden war, wie mir das unübersehbare Loch in der Mauer eindrücklich bewies.

Das schönste Erlebnis in diesem Zusammenhang hatte ich allerdings erst heute morgen. Denn da zupfte sich mein Vater endlich wieder die Watte aus seinen Ohren.

Charons Picknick

Irmgard blieb wie angewurzelt stehen. Der grauhaarige Mann saß einfach nur da, mit dem Rücken zu ihr. Seinen Schlapphut hatte er vor sich auf dem kleinen Campingtisch abgelegt. Ein eisiger Schauer kroch über ihren Rücken, packte ihr Herz, das sich zusammenkrampfte; sie schluckte.

Wie hatte sich der Mann nur unbemerkt heranschleichen können? Sie war mit ihrem Wohnmobil extra hierher auf diese Lichtung gefahren, wenige Meter vom Ufer des kleinen Sees namens Lethe entfernt. Der Name hatte ihr gefallen. Am anderen Ufer gab es ein Dorf, obschon der über dem See liegende Nebel ihr den Blick auf die Häuser dort verwehrte.

Um sie herum war alles still, als schien die ganze Umgebung interessiert zu beobachten, wie sie mit dieser Herausforderung umgehen würde. Dabei war sie keineswegs ängstlich, hatte über die Jahre hinweg manche gefährliche Situation gemeistert. Als Single und erfolgreiche Geschäftsfrau durfte man sich keine Schwäche anmerken lassen.

Der Mann rührte sich nicht. Ob er sie bereits wahrgenommen hatte? Irmgard überlegte, ob sie sich leise zurückziehen sollte. Wenn sie im Schutz des Wohnmobils einige Meter zwischen sich und den Mann legen konnte, gelang es ihr vielleicht, ins Dorf zu kommen. Sie war sportlich, es könnte klappen. Warum pochte ihr Herz nur so laut? Sie meinte jeden Schlag wie einen lauten Gong in der morgendlichen Stille zu hören. Ob es um Männer oder um ihre eigene Gesundheit ging, immer reagierte ihr Herz. Schweiß trieb ihr aus allen Poren, sie fror.

Der Mann trug einen langen grauen Mantel, der bis auf den taufeuchten Boden reichte und im Sitzen zahllose Falten warf. Schlief er?

»Jetzt reiß dich zusammen!« schrie sie sich an. »Entweder du stellst ihn jetzt sofort zur Rede oder du verschwindest!« Sie spürte, daß sie weder das eine noch das andere fertigbrächte. Bewegungslos verharrte sie, während Panik in ihr hochzukriechen begann. Ihr Herz raste, als befände sie sich im Endstadium eines Marathons.

»Setzen Sie sich.«

Irmgard zuckte zusammen. »Wie bi- ... bitte?«

Statt einer Antwort zeigte der Mann mit seiner ausgestreckten linken Hand auf die andere Tischseite. Seine Stimme hatte durchaus angenehm geklungen. Dunkel, ruhig – beruhigend. Aber dieser Aufzug! Erst jetzt fiel Irmgard der mannshohe Stock auf, der neben dem Mann am Tisch lehnte. »Ein Waldschrat!«, dachte sie belustigt, ohne jedoch lachen zu können. »Jetzt hau doch endlich ab!« brüllte sie sich innerlich zu. Es ging nicht. Langsam kam sie seiner Aufforderung nach. Warum sangen keine Vögel? Es war ein schöner Morgen, sie hatten gefälligst zu singen.

Irmgard schien es Stunden zu dauern, bis sie auch nur in die Nähe des Fremden kam. Ihre Knie – Pudding. Der Mann erweckte den Eindruck, als hätte er alle Zeit der Welt, als könnte ihn kein noch so unvorhergesehenes Ereignis aus der Ruhe bringen. Sie mußte energisch sein, durfte sich ihre Angst nicht anmerken lassen. Auf diese Art hatte sie sich bisher noch immer durchsetzen können.

Kraftlos ließ sie sich auf den Hocker plumpsen, den sie vor wenigen Minuten erst aufgestellt hatte. Worauf saß er? Sie hatte nur einen Stuhl aus dem Wohnmobil genommen. Zuerst sah sie seine Hände. Es waren schöne Hände, denen man ansah, daß sie kräftig zupacken konnten. Irmgard ließ sich Zeit, bevor sie damit begann, ihren Blick an ihm hochkriechen zu lassen. Irrtum, Mädchen! Er läßt *dir* Zeit. Im Augenblick bestimmst du überhaupt nichts mehr.

»Ein schöner Tag«, sagte der Fremde. Erst jetzt war sie an seinem Gesicht angekommen. Ein sonnengebräuntes Gesicht, in dem graue Augen sie aufmerksam musterten. Seine für ihren Geschmack etwas dünnen Lippen verstärkten die Müdigkeit, die sie in diesem Gesicht entdeckte.

»Die Vögel singen nicht«, antwortete sie.

Der Fremde lächelte. »Vögel sind kluge Tiere.«

Irmgard hatte sich noch nie Gedanken über die Intelligenz von Vögeln gemacht. Es gab, bei Gott, wichtigere Dinge.

»Sie kommen von weit her.«

War das eine Frage gewesen oder eine Feststellung? Irmgard schaffte es nicht, dem auf ihr ruhenden Blick aus seinen grauen Augen zu widerstehen.

»Ja ... ja.«

»Das Leben ist immer ein weiter Weg.«

Warum nur saß sie da wie gelähmt? Ihr war doch längst klar, was der andere wollte. Als gäbe es da viel zu raten. Es war immer und überall dasselbe. Vielleicht war es am besten, wenn sie jetzt die Augen schloß, schwieg und alles über sich ergehen ließ. Fliehen konnte sie eh nicht mehr; das wußte sie, und das wußte er. Eine niederschmetternde Erkenntnis; nie hätte sie geglaubt, daß es so ablaufen würde, wenn es mal soweit war. Es gelang ihr nicht einmal, ihre Augen zu schließen. Sie lachte bitter auf.

»Möchten Sie mich begleiten?«

Verwirrt sah Irmgard auf. Was meinte er damit? Genügte ihm der Platz hier nicht? Noch hatte sich der Nebel nicht aufgelöst, die Häuser dahinter waren Schemen, doch hier schien die Sonne. Gut, die Vögel sangen nicht, aber die Vögel waren kluge Tiere, das hatte er selbst gesagt, und kluge Tiere singen nicht, wenn sie etwas kommen sahen wie das, was ihr gleich widerfahren würde.

»Nicht hier?«

Der andere lachte leise. Irmgard bemühte sich vergebens, Fröhlichkeit herauszuhören. Sie hätte es sofort erkannt, auch falsche Fröhlichkeit, die sie bereits seit Jahren tagtäglich umgab. Nein, dieses Lachen hier klang nicht fröhlich.

»Sie verstehen mich nicht.«

Auch diese Leier kannte sie. Zur Genüge. Immer waren es die Frauen, die die Männer nicht verstanden. Nie umgekehrt. Wut überdeckte die Resignation, die ihrerseits die aufkeimende Panik abgelöst hatte. Ihr Herz schlug jetzt noch schneller, aber wenigstens wurde ihr nun etwas wärmer. Vielleicht konnte sie es ja doch noch abwenden.

»Es kostet Sie nichts, wenn Sie mich begleiten. Sie werden nichts vermissen.«

»Alles hat seinen Preis«, dachte Irmgard. Manchmal sogar das Leben. »Ich wollte gerade frühstücken. Ein Picknick. Das mache ich für mein Leben gern.« Was redete sie nur daher! Als würde ihn das interessieren.

»Wir sollten uns ein wenig beeilen.«

Irmgard kam sich vor wie ein kleines Kind, als sie ihm sagte, daß sie zuerst frühstücken wollte. Sie wollte endlich diesen metallenen Geschmack in ihrem Mund loswerden, der sich dort seit einigen Minuten festgesetzt hatte. Gerade so, als lutschte sie an einer Geldmünze.

Der Fremde ließ sich nicht von ihrem Wunsch beeindrucken. Mit einer ruhigen Handbewegung nahm er den Schlapphut vom Tisch und setzte ihn sich auf. Ihr Herz krampfte sich zusammen, das Atmen fiel ihr schwer. Sie versuchte Zeit zu gewinnen. Eine Frau soll in solch einer Situation angeblich versuchen, den Mann in ein Gespräch zu verwickeln.

»Wie heißen Sie?«

»Kommen Sie – bitte. Es ist soweit.«

»Wie Sie heißen, will ich wissen! Oder meinen Sie im Ernst, ich würde einfach so mit jedem mitgehen? Bilden Sie sich das wirklich ein? Dann müssen Sie ja sehr von sich überzeugt sein.«

Der andere stand auf, ergriff den Stock und warf ihr einen nachsichtigen Blick zu. »Unten liegt mein Kahn.«

Hektisch schaute Irmgard zum Ufer hinunter. Dort lag tatsächlich ein kleines Fischerboot, dessen Heck ins Wasser ragte. Was hatte das alles nur zu bedeuten? Alles in ihr schrie nach Flucht, doch als sie vom Kahn auf den Fremden sah, wußte sie, daß sie sich ohne sein Einverständnis keinen Zentimeter fortbewegen konnte. Diese Augen, diese wahnsinnsgrauen Augen, die aussahen wie ein Schatten, wie Nebel, wie …

»Charon.«

»Was? Wie?« stammelte Irmgard.

»Charon. Mein Name. Und nun lassen Sie uns gehen, das Boot wartet. Das Boot und – aber das wissen Sie längst.«

»Charon?« wiederholte Irmgard ungläubig den ihr nicht geläufigen Namen. Im gleichen Moment, mit ihrem letzten Atemzug, überkam eine nie gekannte Ruhe ihr Herz.

Das seltsame Verschwinden eines Regenwurms

Es kitzelte. Hilarius zupfte an seinem linken Ohr, doch das Kitzeln blieb. Er beugte seine fünfzig Jahre nach unten zu der Dose mit den Regenwürmern, um den letzten herauszunehmen und auf den Angelhaken zu spießen.

Er würde früher nach Hause kommen als geplant; so erfolgreich wie an diesem Vormittag war er schon lange nicht mehr gewesen. Besonders die Forellen hatten angebissen, als wollte jede die erste an seinem Angelhaken sein, als hätten sie nur auf ihn gewartet.

Hilarius griff in die Dose; sie war leer. Also hatte sich der letzte Regenwurm klammheimlich aus der Dose geschlichen und davongemacht.

Hilarius beobachtete das Wasser. Knapp unter der glatten Oberfläche tollten immer noch derart viele Fische umher, daß er schließlich einen bedauernden Blick auf den bereits vollen Eimer warf.

Das Kitzeln in seinem Ohr verstärkte sich. Wenn er doch nur ein Wattestäbchen gehabt hätte. Mit seinem Zeigefinger kam er einfach nicht tief genug hinein. Allerdings hatte er erst zwei Minuten vorher einen kurzen, aber heftigen Schmerz weiter drinnen in seinem Ohr verspürt.

Hilarius überlegte, ob er nach dem verschwundenen Regenwurm suchen sollte. Andererseits kam es auf diesen letzten und kleinsten Wurm wirklich nicht mehr an, zumal es für ihn ein Leichtes war, sich bei den vielen Gräsern, Ästchen und herumliegenden Blättern zu verdünnisieren. Hilarius schüttelte den Kopf, wunderte sich über sich selbst. Da hatte er den besten Fang seit langem im Eimer, jeder Wurm hatte sich praktisch in einen Fisch verwandelt, und er stand da und hielt Ausschau nach einem kleinen mickrigen Regenwurm. An anderen Tagen hatte er schon ganze Bataillone dieser gefühllosen Zwitter aus der Gruppe der Wenigborster umsonst aufgespießt.

Urplötzlich fiel Hilarius um. Es passierte derart unverhofft, daß er nicht einmal mehr die Hände rechtzeitig vor seinen Körper bekam, um den Sturz ein wenig abzufangen. Mit voller Wucht klatschte er nach unten und spürte schmerzlich, wie sich sein Gesicht in den feuchten, lehmigen Boden bohrte. Vor allem seine Nase schmerzte. Bestimmt war sie gebrochen. Gleichzeitig verlagerte sich das Kitzeln in seinem

Ohr weiter nach innen in seinen Kopf. Es fühlte sich gerade so an, als wäre etwas in seinem Schädel, das dort nicht hingehörte, irgend etwas Kühles, Glitschiges. Hatte er möglicherweise eine Ohrenentzündung, bei der sich Eiter bildete und ins Gehirn floß? Wahrscheinlich war es am besten, wenn er noch am Mittag zum Doktor ging; mit solchen Ohrenerkrankungen durfte man nicht spaßen!

Zunächst aber müßte er jetzt erst einmal ... ja, irgend etwas müß... – Hilarius vergaß, was er müßte. Das glitschige Gleiten in seinem Gehirn war schneller geworden, schien richtiggehend durch seine Gehirnwindungen durchzufegen, ohne ihm dabei weh zu tun.

Hilarius tastete mit der rechten Hand an sein Gesicht, fühlte den Dreck. Er mußte fürchterlich aussehen! Wenn ihn die anderen so sehen könnten, würden sie ihn ... – er vergaß, was er denken wollte, die Wörter plumpsten in den Lehmboden und versanken ungedacht.

Plötzlich fiel ihm etwas anderes auf. Während er einerseits immer weniger sehen konnte, begann andererseits der Boden um ihn herum derart phantastisch zu riechen, daß er große Lust hatte, ihn zu essen. Er wunderte sich darüber, daß ihm der Geruch nicht schon früher aufgefallen war, wo er doch bereits so viele Jahre immer hierher an dieselbe Stelle zum Angeln kam.

Sekunden später konnte er sich nicht länger beherrschen. Er biß in den saftigen Boden, kaute genüßlich, es schmeckte wunderbar. Wie hatte er nur jemals etwas anderes essen können? Warum gab es diesen köstlichen Dreck in keinem Supermarkt zu kaufen? Nicht einmal gut sortierte Feinkostläden führten ihn in ihrem Angebot.

Hilarius' Gedanken verengten sich von Sekunde zu Sekunde mehr auf seinen Wunsch, weiter diesen phantastisch schmeckenden Dreck zu essen. Gleichzeitig stieg eine unbekannte Angst in ihm auf; auf einmal fühlte er sich schutz- und wehrlos seiner Umgebung ausgeliefert. Jedes Raubtier, ob zwei- oder mehrbeinig, konnte ihn hier sehen. Da, vor ihm im Wasser! – Glitzerten da nicht Fischschuppen? Also waren seine ersten Feinde bereits in unmittelbarer Nähe. Sein neugewonnener Instinkt sagte ihm, daß er hier oben am hellen Tageslicht nichts, aber auch gar nichts verloren hatte, und er schleunigst verschwinden mußte.

Sofort begann Hilarius sich in das rettende Dunkel der feuchten Erde hineinzubeißen.

Die Rotweinflasche

Und du liebst mich immer noch?« fragte er.
Sie hoben die Rotweingläser und verharrten. Er schaute ihr ins Gesicht, in diese wunderschönen graugrünen Augen, die ihn nachdenklich musterten. Er hielt diesen Blick nicht aus, schweifte ab und blieb an den Narben in ihrem Gesicht hängen. Nein, sie würden ihn nicht stören. Sie in Kauf zu nehmen war ihm ihre Liebe wert. Zudem befanden sich die meisten auf der linken Gesichtshälfte. Er durfte nur nicht zu oft auf sie schauen. Sonst erinnerten sie ihn zu sehr an die letzte Flasche Rotwein und daran, wie er sie an ihrem Gesicht zerschmettert hatte. Grundlos. Im Rückblick.

»Ja, trotzdem. – Ich habe dich immer geliebt.«

Der Klang der Gläser, als sie miteinander anstießen, hörte sich in seinen Ohren wunderbar an. Doch irgendwie auch brüchig.

Der Spiegel

Vielleicht auf die Mülldeponie südlich der Stadt? Um dem Leben ein Ende zu setzen, taugte eine Müllhalde genausogut wie jeder andere Ort. Er müßte zwar durch die ganze Stadt fahren, aber soviel Verkehr war um diese Zeit nicht mehr. Zudem wurde es bald dunkel. Und letztendlich war es vollkommen gleichgültig, denn er hatte genug, einfach genug von dem ganzen Schlamassel.

Wegelust schaute in den Spiegel und lächelte. Er zupfte ein hervorstehendes Härchen aus seiner linken Augenbraue. So etwas hatte er seit Jahren nicht mehr getan. Von Tag zu Tag war ihm sein Aussehen gleichgültiger geworden. Hin und wieder fragte er sich, ob das mit den zweiunddreißig Jahren zusammenhing, die er inzwischen verheiratet war. Anfänglich war es ihm überaus wichtig gewesen, auf Hedwig einen guten Eindruck zu machen, ihr seine Männlichkeit geradezu aufzudrängen. Andererseits: Wenn er an seine Kollegen in der Abteilung zurückdachte! Ein wenig hatte er sich in den letzten Jahren schon gehenlassen. Dazu das gute Essen. Kochen konnte Hedwig wie keine Zweite. Aber leider noch besser schimpfen und nörgeln.

Er hörte ein Geräusch hinter sich und drehte sich schnell um. Ob Hedwig …? Aber das konnte eigentlich nicht sein. Da fiel ihm ein, daß er ja die Waschmaschine eingeschaltet hatte. Seltsam, dachte Wegelust, daß ihn alles, was mit Hedwig zusammenhing, stets ein wenig verunsicherte. Lag es daran, daß sie aus Berlin kam, er aber ein gebürtiger Provinzler war? Oft genug hatte sie ihm mit ihrer Berliner Schnauze seine dörfliche Herkunft unter die Nase gerieben. Dorf! Auch so ein Ausdruck von ihr. Dabei war sein Heimat-»Dorf« schon damals in den sechziger Jahren eine recht ansehnliche Kleinstadt gewesen.

Draußen war wieder alles still. Wegelust wandte sich erneut seinem Spiegelbild zu. Vielleicht hielt sie ihm seine kleinstädtische Herkunft nur deshalb vor, um sich selbst in einem besseren Licht sehen zu können. Wie oft hatte sie gesagt, daß sie sich nie hätte vorstellen können, einmal in so einem Kaff zu landen? Nie war diese Bemerkung ohne einen Unterton des Bedauerns über ihre Lippen gekommen. München hätte es sein sollen und ein Dorf war es geworden. Seinetwegen. Sie hatten sich Hals über Kopf ineinander verliebt, als sie einander auf dem Münchener Hauptbahnhof über den Weg gelaufen waren. Und warum? Weil er mit seinen dreiundzwanzig Jahren die Welt erobern wollte. Und die Welt begann in München. Deshalb hatte er sich dort um eine Arbeitsstelle bemüht, wenngleich erfolglos. Also ging er zum Bahnhof zurück, um wieder nach Hause zurückzufahren. Da begegnete ihm Hedwig. Auch sie hatte die Welt erobern wollen. Freilich war München für sie nur eine Zwischenstation auf dem Weg nach Mailand gewesen. Dort begann für sie die Welt. Wahrscheinlich wäre sie noch weiter gegangen. Amerika oder so. Hedwig hatte immer viele Pläne gehabt und die Spontaneität, sie auch zu verwirklichen. Statt dessen war sie bei ihm gelandet. Seiner schönen Augen wegen, denen sie nicht widerstehen konnte. Die Ernüchterung bei ihr folgte bald. Es gab nichts, womit seine Heimatstadt gegen das große, alles überragende Berlin bestehen konnte. Weder die Ruhe noch der gemütlichere Menschenschlag; weder das kulturelle Angebot (er würde nie begreifen, was ihr daran so wichtig war) noch die Arbeitsmöglichkeiten; weder die erholsame Umgebung noch die unmittelbare Nachbarschaft in den Süden. Wahrscheinlich wollte sie sich durch ihre fortwährenden Nörgeleien von ihrem eigenen Versagen reinwaschen. Es wäre besser gewesen, er hätte sie damals nach Mailand weiterziehen lassen. Nach zweiunddreißig Jahren ist man immer klüger.

Sein Blick fiel auf die Uhr, die auf dem kleinen gemauerten Sims vor dem Wandspiegel stand. Fünf vor acht. Immer standen die Stunden kurz vor ihrer Vollendung, wenn man auf die Uhr schaute, nur selten am Beginn. »Das Leben geht zu schnell vorüber«, dachte Wegelust. Er mußte sich auf den Weg machen. Hedwig wartete nicht gerne. Die Putzstelle hatte ihr den Rest gegeben. Natürlich hätte er ihr das gerne erspart, nur: Was konnte er dafür, daß sie ihn vor einem Vierteljahr entlassen hatten? Rationalisierung, sein Alter, mehr junge Leute – die ganze Litanei an Ausreden und Begriffen, die verhindern sollten, ihm das auf den Kopf zuzusagen, um was es tatsächlich ging: daß er überflüssig war. Irgendwie konnte er Hedwig verstehen. Da träumte sie ihr Leben lang von einer grandiosen Existenz in Mailand, vielleicht sogar in Amerika (sie sprach immer wieder von New York; welch ein Wahnsinn!), und was war dabei herausgekommen: eine Putzstelle hier im Dorf! Das konnte einen ganz schön durcheinanderbringen.

Er beugte sich noch einmal nach vorne, ganz dicht an den Spiegel und betrachtete sein Gesicht. Er sah die Falten auf seiner Stirn; die winzigkleinen Bartstoppeln, die seit seiner Rasur am Morgen gesprossen waren; die schwarzen Härchen, die aus seiner Nase wuchsen; die grau schimmernden Augenränder, die die Tränensäcke noch schwerer hervortreten ließen; die teilweise weiten Poren in seiner müden Haut; die unzähligen schwarzen Mitesser darin; seine trüben Augen. Früher hatten sie gestrahlt. Nein, er war wirklich nur noch in seinen vier Wänden ein schöner Mann. Wegelust lächelte bitter. Wenn er da an Hedwig dachte. Sie war auch heute noch, obwohl nur drei Jahre jünger als er, eine überaus attraktive Frau. Auf ihr Aussehen hatte sie stets geachtet. Gerade so, als wäre sie beständig auf dem Sprung, als wartete sie hartnäckig auf die letzte Gelegenheit zu einem neuen Leben. Die Antwort auf die Frage, ob er in diesem neuen Leben Platz hätte, kannte er bereits. Warum sich in dieser Hinsicht etwas vormachen? Es schmerzte ihn ein wenig zu wissen, daß seine Heimatstadt, was sein Leben betraf, Start und Ziel in einem war.

Er richtete sich wieder auf, nahm die 4711-Flasche vom Sims. Das Lagerfeld-Parfüm, das Hedwig ihm bereits zu Weihnachten geschenkt hatte, ließ er stehen. Sie konnte sagen, was sie wollte, er konnte diesen Duft einfach nicht ausstehen. Er schüttete sich ein paar Spritzer des Eau de Cologne in die linke Hand, stellte die Flasche auf den Beckenrand, verteilte die Flüssigkeit in beide Hände und rieb sie sich dann auf seine Wangen, das Kinn und seinen Hals. Danach wusch er sich die Hände, trocknete sie ab, schraubte die Verschlußkappe auf die Flasche und stellte diese wieder an ihren alten Platz zurück. Noch einmal betrachtete er sich im Spiegel. So schlecht sah er gar nicht aus, wenn er bedachte, was alles hinter ihm lag und was er vorhatte.

Er löschte das Licht des Badezimmers, zog die Tür hinter sich zu, ging zur Garderobe und nahm seine Jacke vom Haken, ohne sie anzuziehen. Durch den Keller ging er in die Garage zum Auto, einem silbergrauen Opel Vectra. Daneben stand Hedwigs kleiner Renault. Seit neuestem ließ sie den Wagen immer stehen und sich von ihm zur Arbeit fahren. Um Geld zu sparen, wie sie behauptete. Als würden sie dadurch auch nur einen Cent sparen. Ottmar ahnte den wahren Grund für ihr Verhalten: Sie wollte ihm auf diese Art und Weise sein in ihren Augen gegebenes Versagen vorhalten, ihm Kilometer für Kilometer der gemeinsamen Fahrt hin und zurück bewußtmachen, daß er für alles verantwortlich war. Besonders, was ihren unerfüllten Traum betraf. Zudem verhinderte sie damit, daß er in der Zeit, in der sie arbeitete, etwas unternahm, ja sich womöglich sogar vergnügte. Er hatte es vom ersten Augenblick an geahnt und deshalb nichts gegen ihre Entscheidung vorgebracht, um ihr ja keine Gelegenheit zu geben, einen neuerlichen Streit vom Zaun zu brechen.

Er ging einmal um den Opel herum, während er mittels der Fernbedienung die Garagentür nach oben schwingen ließ. Es war alles in Ordnung. Er stieg ein, startete den Motor, schnallte sich an und fuhr rückwärts aus der Garage. Einen letzten Blick auf das kleine Einfamilienhäuschen werfend, gab er Gas. »Anderen Leuten geht es schlechter als uns«, dachte er. Gut, das Haus war noch nicht abbezahlt. Aber so groß war der Verlust nun auch wieder nicht, was das Geld betraf. Die Vorruhestandsregelung hätte ihnen auch in den nächsten Jahren ein einigermaßen sorgenfreies Leben ermöglicht. Hedwig sah immer nur schwarz oder weiß. Vermutlich hing das mit ihrer Spontaneität zusammen. Als würde diese bestimmen, daß man Dinge nur schwarz oder weiß sehen mußte.

Er fuhr die leicht abfallende Straße hinunter, die aus der Vorortsiedlung hinausführte, setzte den Blinker links, wartete einen herannahenden Mercedes noch ab und bog dann auf die Hauptstraße ein. Er gab Gas. Er wollte es jetzt rasch hinter sich bringen. Ewig konnte es so nicht weitergehen. Wie es genau weitergehen sollte, wußte er allerdings auch noch nicht.

Minuten später kam Wegelust am Stadtrand an. Er fuhr nach rechts zu einer Bushaltestelle, wo um diese Zeit niemand wartete. Er wollte nur kurz, ein paar Sekunden anhalten und überlegen. Den Motor ließ er laufen. Nun hatte er schon den Entschluß gefaßt, etwas in seinem Leben zu ändern, also mußte er das auch durchziehen. Oft genug hatte ihm Hedwig seine Unfähigkeit vorgehalten, Entscheidungen zu treffen. »Tu es«, dachte er, »damit es vorbei ist.« Er blickte in den Rückspiegel und sah sein müdes Gesicht. Genauso müde fühlte er sich in diesem Moment. War es wirklich eine Lösung? Andererseits konnte er jetzt nicht mehr zurück.

Wegelust gab Gas und fädelte sich wieder in den fließenden Verkehr ein. Die ersten Autos fuhren bereits mit Licht. Es würde nicht mehr lange dauern und aus der Dämmerung war Dunkelheit geworden. Da wußte er, wie er weiter vorgehen würde. Es war so sonnenklar.

An der nächsten Kreuzung bog er nach links ab in Richtung Bahngleise. Auf einem nach rechts zeigenden Hinweisschild stand »Zentrum«. Die Mülldeponie auf der anderen Seite der Stadt war ein schlechter Ort für sein Vorhaben. Nein, nicht auf der Müllhalde. Die Bahngleise führten, wenn ihn seine Erinnerung nicht täuschte, zu einer Stelle, an der Hedwig und er früher oft vorbeigekommen waren. Früher hieß in diesem Fall: vor zwanzig, dreißig Jahren. Damals waren sie bei jeder sich bietenden Gelegenheit spazierengegangen. Mit Vorliebe an den Bahngleisen entlang. Hedwig hatte es so gewollt.

»Es erinnert mich immer an mein Vorhaben damals, nach Mailand zu fahren. Du weißt doch noch – Mailand!«

»Ja, Schatz, ich weiß«, hatte er darauf geantwortet, sie in seine Arme genommen und gelacht. »Du und dein Mailand! Als könnte ich das jemals vergessen.«

»Das möchte ich dir auch geraten haben!« hatte sie ihm daraufhin meistens lächelnd gedroht. »Immerhin wäre es durchaus möglich, daß heute ein reicher Italiener an deiner Stelle mit mir glücklich wäre ... Bist du glücklich mit mir?«

»Ja, ich bin glücklich mit dir. Und es soll ja kein Italiener oder sonst einer wagen, mit dir anzubändeln. Sonst werde ich zum Italiener!« Er hatte es gesagt, obwohl es ihm regelmäßig einen kleinen Stich versetzte, wenn sie von Italienern oder anderen Männern sprach, mit denen sie hätte glücklich werden können.

Er fuhr die kaum befahrene Nebenstraße entlang, die parallel zu den Gleisen verlief. Wegelust wußte, daß nach einigen Kilometern ein kleines Wäldchen kam, das groß genug war für seinen Plan. Er hätte früher darauf kommen können. Früher wäre er früher darauf gekommen. Aber das Heute kümmerte sich nicht um das Gestern. Das hatte es nie getan, und das würde es nie tun. Wegelust lächelte traurig. Er hätte sich nie träumen lassen, daß es einmal so mit ihm enden würde, daß er zu so etwas fähig wäre. Aber wer konnte schon wissen, wozu er fähig war? Wenn es soweit war, fand es jeder heraus. Ob früher oder später. So wichtig war das nicht. Wenn man es nur überhaupt herausfand.

Vor ihm tauchte der Wald auf. Bei diesem Übergang von der Dämmerung auf die Nacht wirkte er viel größer als er tatsächlich war. Ihm sollte es nur recht sein.

Er fuhr noch ein Stück auf der Landstraße, die sich zu Beginn des Waldes von den Gleisen trennte und eine andere Richtung einschlug. Wegelust folgte ihr bis zur dritten Möglichkeit, in einen Feldweg abzubiegen. Er konnte gerade noch genug sehen, um unbeschadet bis nahe zu den Gleisen zu kommen. Durch die Regenfälle der vergangenen Tage war der Boden aufgeweicht.

Als er an eine kleine Lichtung kam, nicht größer als für ein Wohnwagengespann geeignet, hielt Wegelust an. Er schaltete den Motor aus, löste den Sicherheitsgurt, öffnete die Tür und stieg aus. Aus reiner Gewohnheit richtete er noch einmal seine Krawatte.

Nachdem er sich vergewissert hatte, daß niemand in der Nähe war, der ihn hätte aufhalten können, stapfte er los. Nach etwa zwanzig Schritten traf er auf die Gleise. Er schaute sich die Stelle genau an. Ja, hier war es richtig. Er überlegte, aus welcher Richtung der nächste Zug kommen würde. Er wußte es nicht. Eigentlich war es nicht wichtig. Wenn es vorbei war, war es vorbei. Niemand würde hinterher noch fragen, aus welcher Richtung der Zug gekommen war, zumal es eine Kleinigkeit sein würde, das festzustellen. Wenn der Lokführer etwas bemerkte, würde er sowieso anhalten. Warum sich also darüber Gedanken machen? Er würde sich sowieso bald ganz andere Gedanken machen müssen.

Wegelust folgte mit seinem Blick dem Verlauf der Gleise. Sie führten ihn direkt in den Lichterpilz der Stadt. Schade, daß er damals vor zweiunddreißig Jahren keine Arbeitsstelle in München gefunden hatte. Wahrscheinlich wäre dann alles völlig anders verlaufen. Es tröstete Wegelust ein wenig, daß er in Gedanken auch hinter diese Vermutung ein Fragezeichen setzen konnte.

Schließlich gab er sich einen Ruck, drehte sich um und ging zu seinem Auto zurück. Er versicherte sich noch einmal, auch wirklich allein zu sein. Dann öffnete er den Kofferraumdeckel. Sofort ging die Kofferraumbeleuchtung an. Wegelust erschrak ein wenig ob des grellen Lichtes. Dafür konnte er Hedwig um so besser sehen, wie sie regungslos dalag mit ihrem blutüberströmten Oberkörper und dem gebrochenen Blick ihrer Augen. Er hätte sich nie träumen lassen, daß es einmal so mit ihnen enden würde. Aber jetzt mußte er sich zusammenreißen und die begonnene Arbeit beenden.

Wegelust nahm Hedwigs Leiche samt der untergelegten Plastikplane aus dem Kofferraum, verschloß diesen wieder, ohne sie abzusetzen, und trug sie dann zu den Gleisen. Dort angekommen, legte er sie auf die Schienen. Aus Richtung Ulm führten die Gleise in einer sanften Kurve zu dieser Stelle, so daß der Zugführer die Leiche erst im letzten Moment erblicken würde. Wenn überhaupt.

Im gleichen Augenblick meinte Wegelust ein summendes Geräusch auszumachen. Täuschte er sich oder kam aus Richtung Ulm tatsächlich ein Zug? Vielleicht wollte er ja auch nur, daß ein Zug kam. Damit endlich alles vorbei war. Wegelust spürte, wie sich ihm die Kehle zuschnürte. Er hatte es nicht gewollt und wußte trotzdem auch jetzt nicht zu sagen, wie er es hätte verhindern können. Alles war so verlaufen wie die letzten Monate Tag für Tag. Warum hatte er sich ausgerechnet heute nicht zusammenreißen und sie einfach reden lassen können wie sonst auch? Und dann noch diese Kaltblütigkeit, mit der er sein weiteres Vorgehen bedachte! Die Waschmaschine wegen des Bluts an seiner Kleidung. Die Plastikplane. Die Idee mit den Bahngleisen, damit es aussah wie ein Selbstmord. Als hätte er diesen Abend bereits seit Monaten geplant. Aber das hatte er nicht. Nicht daß er wüßte. Wegelust erschrak, als er erkannte, wie ruhig er sich auch jetzt und hier mit den Fragen und Antworten beschäftigte, mit denen er nach dem Auffinden von Hedwigs Leiche rechnen mußte. Und es fröstelte ihn, als ihm klar wurde, daß er auf alle Fragen eine Antwort parat hatte. Für alles hatte er eine Erklärung, nur nicht dafür, warum er das getan hatte.

Er hatte sich nicht getäuscht. Das Geräusch des herannahenden Zuges riß ihn aus seinen Gedanken. Noch war er weit genug entfernt. Hastig hob er die Plane vom Boden auf und ging zum Wagen zurück. Sekunden später fuhr er los. Er nahm denselben Weg zurück, den er gekommen war. Am liebsten wäre er irgendwohin gefahren. In die Stadt hinein. Etwas trinken. Seine mit einem Mal trockene Kehle schrie förmlich danach. Aber das durfte er nicht. Er mußte jetzt ganz kühl und ruhig bleiben und alles so machen, wie er es sich vorgenommen hatte.

Er war noch keinen Kilometer vom Wald entfernt, als der Zug ihn überholte. Da brach die Freude aus Wegelust heraus. Er schaffte es gerade noch, rechts an den Straßenrand zu fahren. Die Lichter des Zuges verschwanden in Richtung Stadt.

Luckows Pein

Er betrat das Kiosk, wie er es schon tausendmal zuvor betreten hatte: mit seinem schlurfenden, zu jedem Kompromiß bereiten Gang, was das Ausweichen Entgegenkommender betraf; seinen Oberkörper leicht nach vorne gebeugt; mit seinen wunderschönen blauen Augen Gegenstände fixierend, immer nur Gegenstände, die sich nicht bewegen konnten, an denen er einen Halt fand; die Hände entweder auf dem Rücken gekreuzt oder in seinen Hosentaschen versteckt; die weichen Lippen zu einem kaum wahrnehmbaren unsicheren Lächeln zusammengepreßt; die dunkelblonden Haare sauber gekämmt und gescheitelt; die Nasenflügel in ständiger Bewegung.

»Guten Abend, Herr Luckow«, begrüßte Bertram ihn freundlich wie immer. Luckow sah die zwei Männer mit den kleinen Fläschchen Hochprozentigem in ihren Händen, die an dem einzigen kleinen Tisch im Kiosk standen und ihn aufmerksam beobachteten. Er hätte nicht hereinkommen dürfen, wo so viele Leute dawaren. Es waren entschieden zu viele.

Er nickte mehrmals hintereinander schnell mit dem Kopf. Es sah eher so aus, als wollte er bestätigen, daß er den Gruß wahrgenommen hatte. Sofort richtete er seinen Blick auf die vielen Zeitschriften, die Regale mit den Zigaretten, die knapp bemessenen Auslagen mit den Tabakspfeifen, den Dosen, den Pfeifenstopfern, den Feuerzeugen und auf all die anderen Gegenstände, die beruhigend leblos dalagen. Liegen, liegen, Sarg – Tod. Wieder diese drei Buchstaben, die er am liebsten aus seinem Bewußtsein gestrichen hätte. Luckow versuchte sich auf die Titel der Zeitungen und Illustrierten zu konzentrieren, aber selbst die überdimensional großen Brüste der nackten Frauen auf den Titelseiten konnten ihn nicht beruhigen. Dabei gab es in diesem Kiosk mehr Brüste zu sehen als Leute. Am liebsten hätte Luckow sich umgedreht und wäre hinausgerannt. Aber das ging nicht, weil das unhöflich gewesen wäre, und Luckow wußte, daß die Leute Unhöflichkeit nicht mochten, daß sie ihm bestimmt nachgerannt wären und ihn zur Rede gestellt hätten. Er überlegte sich krampfhaft, was er ihnen in diesem Fall antworten könnte, doch es fiel ihm nichts ein. Also blieb er. Die Leute waren zu kompliziert für einfache Antworten. Außerdem hätte er keine einfache Antwort parat. Was waren einfache Antworten?

»Möchten Sie wieder die Lesete?« fragte Bertram.

Luckow spürte die Blicke der beiden Männer auf sich gerichtet. Nur Bertram schaute irgendwo anders hin. Auch das sah Luckow nicht, sondern spürte es nur. Es war ein gutes Gefühl, deshalb kaufte er seine Lesete immer hier. Seine Lesete bestand aus der »Neue Revue«, der »Sammler-Post« und der »Bild«-Zeitung. Den Begriff Lesete hatte Bertram vor drei Jahren zum ersten Mal verwendet. Damals hatte Luckow Bertram völlig verdutzt angeschaut und der seinen Blick mit einem Lächeln erwidert.

»Ach, wissen Sie, Herr Luckow, ich dachte nur, daß Sie ja sowieso immer die gleichen Zeitschriften kaufen und es dann einfacher ist, anstatt jedesmal alle drei Titel zu nennen, nach der Lesete zu fragen. Den Namen habe ich von meinen Eltern. Die kauften jede Woche Das »Neue Blatt« und die »Neue Revue«. Und als ich älter wurde und allein zum Einkaufen gehen mußte, haben sie immer nur zu mir gesagt, ich solle die Lesete mitbringen. Das war mir dann schon so zur Gewohnheit geworden, daß ich die beiden Titel sogar vergaß, zumal ich die »Neue Revue« nicht lesen durfte und die andere Zeitschrift mich nicht interessierte. Eines Tages, ich war sieben oder acht Jahre alt, war Frau Konzett, die Besitzerin des Ladens, in dem wir die Zeitschriften immer kauften, krank. Ihre Vertreterin, eine nette junge Frau, fragte mich, was ich wollte. Und ich antwortete natürlich freiheraus: ›Die Lesete!‹ Was meinen Sie, wie die Frau mich ansah! Ich muß wahnsinnig dumm aus der Wäsche geschaut haben, als sie mich fragte, was das denn sei, die Lesete, denn sie lachte schallend auf. Können Sie sich vorstellen, wie peinlich mir das war? Zumal ich mich krampfhaft aber vergeblich an die Titel der beiden Illustrierten zu erinnern versuchte.«

Luckow konnte es sich nur allzugut vorstellen. Er geriet andauernd in peinliche Situationen. Ob es an der Ladenkasse war, wo er nicht den passenden Rechnungsbetrag hatte; an der Kinokasse, wo er sich plötzlich nicht mehr an den Titel des Filmes erinnern konnte, den er sehen wollte; an der Wursttheke, wo er sich unvermittelt nicht mehr entscheiden konnte, ob er nun zweihundert Gramm Bierwurst haben wollte oder dreihundert Gramm; auf der Straße, wenn ihn jemand nach dem Weg fragte und er keine Antwort geben konnte, obwohl er sich aufgrund seiner unzähligen stundenlangen Spaziergänge in der Stadt dort auskannte wie kein Zweiter; ihm sein Abteilungsleiter in der Firma ein Kompliment ob seiner Arbeit machte; überhaupt Komplimente (Luckow dachte an die wildfremde Frau, die ihm in einem Café beim Hinausgehen gesagt hatte, daß er wunderschöne blaue Augen hätte, die danach für alle anderen sichtbar in einem fürchterlichen

Kontrast zu seinem hochrot angelaufenen Gesicht gestanden haben mußten). Es gab so viele peinliche Situationen in seinem Leben. Und immer verstärkten die Leute die Peinlichkeit, indem sie stets freundlich lächelten und entweder sagten, daß das nichts ausmache oder er sich Zeit lassen solle. Besonders die Frauen. Damit bestätigten sie Luckow aufs neue, daß er sich nicht der Situation gemäß benommen hatte. Wahrscheinlich war sein ganzes Leben, seine Existenz eine einzige Peinlichkeit. Warum hatten ihn seine Eltern sonst wohl verlassen? Ins Auto gestiegen waren sie, um zu einer Eröffnungsausstellung zu fahren, und einfach nicht wiedergekommen. Ihn hatten sie mit dem Kindermädchen zurückgelassen. Erst später, im Heim, hatte man ihm gesagt, daß sie bei einem Autounfall ums Leben gekommen seien. Natürlich stimmten alle diesbezüglichen Unterlagen. Aber er brauchte sich doch bloß anzuschauen mit seinen zweiundfünfzig Jahren, dann war klar, was wirklich geschehen war. Seine Existenz war seinen Eltern so peinlich gewesen, daß sie sogar den Tod seiner Gesellschaft vorgezogen hatten.

Luckow versuchte sich zusammenzureißen. »Ich darf nicht so schlecht von mir denken«, dachte er. Das waren die Worte des Psychotherapeuten gewesen. Zwei Wochen später hatte er ihn an einen Kollegen überwiesen, weil er angeblich nicht weiterwußte. Dafür hatte er, Luckow, genau gewußt, warum er ihn abschob: weil er auch ihm peinlich geworden war. Natürlich war er nicht zu dem anderen gegangen.

»Die Frau löste das Problem, indem sie von einem Nebenraum aus mit Frau Konzett telefonierte und sie nach der Lesete fragte. Ich kann mich noch gut erinnern, wie sie erneut schallend auflachte. Da war es mir natürlich erst recht peinlich. Doch als sie mir zum Abschied ein paar Gummibärchen aus einem Glas, das immer, mit allerlei Schlekkereien gefüllt, auf der Theke neben der Kasse stand, in die Hand drückte und dabei sagte, daß jetzt auch sie in Zukunft wüßte, was die Lesete sei, war alles wieder gut. Wahrscheinlich ist mir der Name wegen der »Neue Revue« eingefallen, die Sie immer bei mir kaufen.«

Luckow nickte und bemerkte im gleichen Moment, wie die beiden Männer sich mit vielsagendem Blick anschauten. Er mußte sich entspannen und dann irgend etwas sagen, irgendwas Lockeres, Nichtssagendes. »Bei Gott«, dachte Luckow, »das ist doch keine große Sache! Also reiß dich zusammen!« Sonst könnte er das, was nachher folgen sollte, gleich von vornherein vergessen. Und sie wiederzusehen hatte er sich doch fest vorgenommen. Er könnte ja auch einfach noch etwas anderes kaufen, um Bertram zu zeigen, daß er nicht so leicht einzuordnen war, wie es schien. Gott sei Dank hatte Bertram ihn noch nie gefragt, warum er die »Neue

Revue« kaufte. Auf die »Sammler-Post« hatte er ihn bereits einmal angesprochen. Eigentlich bräuchte Luckow diese Zeitschrift nicht, weil er nichts sammelte. Er kaufte sie im Grunde genommen nur deshalb, weil es ja sein konnte, daß er irgendwann einmal etwas sammeln wollte. Ach, er wußte es nicht genau. Irgendwie hatte er sich auch längst daran gewöhnt. Mit der »Neue Revue« war das was anders. Sie kaufte er wegen der vielen Frauen, die in dieser Zeitschrift abgebildet waren. Natürlich gefiel ihm auch, daß sie gut aussahen, schöne Körper hatten. Aber wichtiger waren ihm die Augen. Sie sahen ihn an, und er erwiderte ihre Blicke. Auf diese Weise führte er stille Zwiegespräche mit ihnen, in denen er ihnen viel von sich und seinem Leben erzählte. Sie hörten ihm zu, fortwährend vertrauensvoll lächelnd. Leider kam dann irgendwann immer der Zeitpunkt, wo sie begannen, ihm Fragen zu stellen. Selbstverständlich nicht laut, so wie sein Chef manchmal oder, was noch seltener vorkam, der eine oder andere Arbeitskollege. Nein, die Fragen saßen urplötzlich in seinem Kopf, als hätten die Frauen sie über ihre Blicke dort hineinprojiziert. Luckow behalf sich dann immer damit, daß er umblätterte, um so diesen Fragen aus dem Weg zu gehen. Deshalb würde er sich auch nie eines von diesen Sexheften kaufen, wo ihn auf jeder Seite nackte Frauen aufmerksam musterten. Das alles könnte er Bertram niemals sagen, zumal er es selbst noch nicht allzulange wußte. Vor einigen Wochen, abends, als er wie üblich allein zu Hause in seiner kleinen Zwei-Zimmer-Wohnung saß, war ihm diese Erkenntnis urplötzlich in den Sinn gekommen. Luckow wußte nicht, ob er sich darüber freuen sollte. Es veränderte ja nichts. Ob eine Änderung in seinem Leben überhaupt sinnvoll wäre, wußte er erst recht nicht. Eigentlich kam er mit seinem Leben einigermaßen gut zurecht. Die einzige wünschenswerte Veränderung wäre die Aussicht, nicht mehr so vielen Leuten zu begegnen, wie es bisher der Fall war. Aber soweit würde es wohl nie kommen, zumal die Stadt von Jahr zu Jahr größer wurde. Anderswo wäre es bestimmt nicht grundlegend anders. Dann schon lieber hier, wo er sich auskannte.

Bertram begann, die Zeitung und die beiden Zeitschriften aus verschiedenen Bereichen des Ladens zu holen. Wieder zurück, rollte er sie zusammen und streifte einen Gummi darüber. Er legte sie neben sich auf den Tresen und tippte die Rechnungsbeträge in die Kasse. Luckow wartete erst gar nicht ab, bis Bertram ihm die Summe nannte; er wußte auch so, daß es sieben Euro fünfzig waren. Hastig zückte er seinen Geldbeutel aus der linken Gesäßtasche, entnahm den Betrag auf den Cent genau und legte ihn auf den Zahlteller. Er bemühte sich darum, daß es nicht allzu laut vonstatten ging. Bertram bedankte sich für den Kauf.

»Na, dann wünsche ich Ihnen noch einen schönen Abend«, fügte er hinzu. Luckow nickte, schnappte sich die Rolle, die Bertram ihm entgegenstreckte, steckte sie in die Stofftasche und ging hinaus.

Vor dem Kiosk atmete er tief durch. Die Sonne stand bereits so tief, daß sie durch die Häuser und Türme verdeckt wurde, die lange Schatten warfen. Eine am Rande der Fußgängerzone aufgestellte Uhr zeigte Luckow, daß es kurz vor Dreiviertelsieben war. Um Neun schloß das Café. Sollte er jetzt schon hineingehen, um sie zu sehen? Luckow spürte die Hitze, die mit einem Mal in ihm hochstieg. »Du brauchst doch gar nicht mit ihr reden«, versuchte er sich zu beruhigen. »Du gehst einfach hinein, setzt dich an einen der Tische, holst die ›Sammler-Post‹ aus der Tasche, schlägst sie auf und blätterst in ihr herum. Wenn sie dann herkommt und nach deiner Bestellung fragt, bestellst du ein Kännchen Kaffee, vergiß das nicht: ein Kännchen, keine Tasse nur, und dann blätterst du weiter in der Zeitschrift herum. Du weißt, was du willst, Luckow, also ist es nicht schwer. Du willst sie nur sehen, ihre Augen, ihr Gesicht, ihre Haare, ihren Mund, vor allem aber ihre Augen. Du willst nichts von ihr, brauchst somit auch kein schlechtes Gewissen zu haben. Sei einfach ein Gast, der in ein Café geht, um einen Kaffee zu trinken. Das machen tagein tagaus Millionen Leute auf der ganzen Welt, es ist nichts Ungewöhnliches, sondern normal. Und jetzt denk nicht weiter darüber nach, geh einfach über die Straße und hinein. Sie wird nicht über dich herfallen, weil sie dich nicht kennt, weil sie das einzige Mal, das du bisher drin warst, längst vergessen hat. Sie hat dich vergessen, weil du nicht ihr Typ bist und außerdem viel zu alt. Und wenn du Pech hast, ist sie gar nicht da, weil sie heute nicht arbeitet. Also geh jetzt endlich los und stell' dich nicht so an! Immerhin bist du ein erwachsener Mann und kein kleines Kind mehr.«

Luckow schluckte mehrmals trocken. Schließlich gab er sich einen Ruck und schlurfte über den Platz, der ehemals eine Straße mit Parkplätzen an jeder Seite gewesen und vor zwei Jahren in eine Fußgängerzone umgewandelt worden war. Noch länger standen die Baumaschinen, die Kräne und die Absperrungen herum. Mal hier, mal dort. Jeder und alle in dieser Stadt bauten. Die Stadt putzte sich heraus. Trotzdem gefiel es Luckow hier nach wie vor, zumal auch genügend Bäume gepflanzt worden waren. Die Natur übte seit seiner Kindheit eine beruhigende Wirkung auf Luckow aus.

Während er die Seite wechselte, machte er drei Leuten bereitwillig Platz, die eilig und vollbeladen mit Tüten und Taschen seinen Weg querten. Nur noch wenige Schritte vom Café entfernt, wurde die Tür geöffnet, und ein junges Ehepaar mit zwei Kindern kam heraus. Ihre Blicke huschten über ihn hinweg, nahmen ihn überhaupt nicht wahr.

Die Tür fiel in dem Moment ins Schloß, als er ankam. Luckow zögerte eine Sekunde. Dann ging er hinein.

Er sah sie sofort. Sie stand an einem der Tische und kassierte soeben ab. Luckow sah mit einem seiner schnellen Rundumblicke, daß sämtliche Tische belegt waren. Nur an der Theke gab es noch freie Plätze. Luckow schwitzte und fror zugleich. Was um alles in der Welt sollte er nur tun? Er stand da und konnte sich keinen Zentimeter von der Stelle rühren. Er hatte nicht damit gerechnet, daß so viele Leute hier sein würden. Wie hätte er das auch wissen können, wo er doch erst einmal hier gewesen war? Vor vier Wochen. Sein Stammcafé hatte wegen Renovierung geschlossen gehabt. Also hatte er sich ein anderes gesucht und war dabei auf dieses hier gestoßen. Inzwischen hatte er sich an diese regelmäßigen Cafébesuche gewöhnt. Der Therapeut hatte ihm nachdrücklich ans Herz gelegt, unter die Menschen zu gehen.

»Sie könnten doch beispielsweise regelmäßig an einem bestimmten Wochentag in ein Café gehen, von denen es in der Stadt sehr viele gibt. Ich kenne da ein paar ausgesprochen gemütliche; die wären genau richtig für Sie, Herr Luckow. Oder unternehmen Sie sonst etwas in dieser Richtung. Einfach nur, damit Sie auch außerhalb Ihres Arbeitsplatzes mit Menschen in Kontakt kommen.«

Alles in ihm hatte sich anfangs dagegen gewehrt. Und wenn er nicht schon damals das unbestimmte Gefühl gehabt hätte, daß der Therapeut da bereits ans Aufgeben dachte, was er unter allen Umständen vermeiden wollte, hätte er nie versprochen, seinem Vorschlag zu folgen. Café Solitaire. Luckow kannte es vom Namen her bereits seit vielen Jahren. Doch nie hatte er sich getraut hineinzugehen, weil es ihm stets zu voll schien. Vor vier Wochen war er mit mehr oder weniger geschlossenen Augen hineinmarschiert und hatte erleichtert festgestellt, daß nur ein Tisch belegt gewesen war. Sofort hatte er sich an den hintersten Tisch begeben – und dann sie gesehen! Sie war noch kleiner als er, ein wenig mollig, was ihn jedoch nicht störte, zumal er von der ersten Sekunde an, als sie vor ihm stand und seine Bestellung erwartete, nur ihre Augen gesehen hatte. Sie drückten soviel Wärme und Ruhe aus; soviel Bereitschaft, in diesem Augenblick ihm und nur ihm zuzuhören, sich seinen Wunsch zu ihrem eigenen zu machen, selbst wenn er Erdbeertorte mit Salzstreusel verlangen sollte; die dunklen Flecke um sie herum, die Luckow zeigten, daß sie um die Schattenseiten des Lebens wußte, und die klitzekleinen Fältchen an den Außenrändern, die davon kündeten, daß sie trotz alledem gerne lachte. Was Luckow mit ihr widerfahren war, konnte er mit keiner Erfahrung in seinem bisherigen Leben vergleichen. Es war einzigartig, und er hatte sich in dieser Sekunde nur das eine gewünscht: daß es niemals vorüberginge. Natürlich war es doch vorübergegangen, seine Tasse Kaffee leergeworden und eine zweite zu bestellen hatte er nicht gewagt. Doch von diesem Tag an hatte er mit sich gekämpft, sich gefragt, wie er es anstellen sollte, um sie wiederzusehen. Es war ihm nichts Vernünftiges eingefallen, bis er sich schließlich dazu durchgerungen hatte, erneut in das Café zu gehen. Und nun stand er hier, alle Tische waren belegt, er konnte sich nicht von der Stelle rühren, und die Leute begannen ihn bereits zu mustern. Hilflos zuckte sein Blick durch den Raum, suchte irgendeinen Gegenstand, an dem er sich festhalten konnte, doch alles schien in Bewegung.

»Der Tisch da wird gleich frei«, sagte eine Stimme. Sie kam von der Theke. Luckow starrte dorthin und sah wie durch einen Schleier die junge Frau, die hinter dem Tresen stand.

»Meine Kollegin kassiert gerade ab.«

Luckow war froh, daß die Stimme ihm eine Orientierung gab. Er riß sich zusammen. Tatsächlich verschwand der Schleier vor seinen Augen. Er erkannte eine Frau, die mit ihrer rechten Hand soeben auf den frei werdenden Tisch zeigte. Ihr Gesicht kam Luckow irgendwie bekannt vor. Wenn er sich nicht irrte, war sie vor vier Wochen auch dagewesen. Ihre Augen blickten freundlich in seine Richtung.

Unvermittelt stand der Mann vor ihm, der soeben bezahlt hatte. Schweigend wartete er, bis Luckow ihm aus dem Weg ging.

»So, jetzt ist der Tisch frei«, sagte die andere, sagte *sie*. Dabei schaute sie ihn an. Ein Lächeln huschte über ihr Gesicht mit den weichen Zügen. Hatte sie ihn wiedererkannt? Lächelte sie deshalb? Luckow hoffte es so sehr. Er nickte, ging eilig zu dem Tisch und setzte sich. Erleichtert atmete er tief durch. Das hatte er also geschafft.

Er wollte gerade seine Tasche nehmen, um die Rolle herauszuholen, als sie an seinen Tisch trat.

»Was darf ich Ihnen bringen?« fragte sie mit weicher Stimme. Luckow hörte eine geheimnisvolle Melodie in ihr mitschwingen, obwohl sie doch bestimmt schon seit Stunden arbeitete und Streß hatte. Lag es daran, daß sie ihn erkannt hatte, es ihm nur nicht zu deutlich zeigen konnte?

»Eine Tasse Kaffee, bitte«, sagte er und ärgerte sich in der nächsten Sekunde über sich selbst.

»Sonst noch etwas?«

Fragte sie ihn das, um länger an seinem Tisch bleiben zu können? »Luckow, Luckow! Dreh nicht durch!« schrie er sich an. Oh, Gott, was war nur mit ihm los?

»Nein – nein! ... Später vielleicht.«

»Gut. Der Kaffee kommt sofort.«

Sie wandte sich ab, ging an den Tresen zu ihrer Kollegin und bestellte den Kaffee.

Luckow nahm die Tasche auf seinen Schoß und holte die Rolle heraus. Er legte sie auf den Tisch, um die Tasche besser beiseitelegen zu können. Da krachte der Gummi, und die Hefte samt Zeitung entrollten sich. Bertram hatte alle drei wie üblich zusammengepackt, so daß nunmehr die Zeitung zuoberst und die »Sammler-Post« verdeckt unter der »Neue Revue« lag. Durch das Geräusch des reißenden Gummis auf ihn aufmerksam geworden, warfen ihm zwei junge Frauen am Nachbartisch ein paar schnelle Blicke zu. Luckow bildete sich ein, sie von seinem Gesicht auf die nackten Frauen der Titelblätter und wieder zu ihm zurück wechseln zu sehen. Mit hochrotem Kopf packte er die Zeitung und die Illustrierte und stopfte sie hektisch in die Tasche. Die Zeitschrift ließ er auf dem Tisch, nahm sie dann in seine Hände, blätterte sie auf und starrte angestrengt auf irgendein Bild.

»Hier ist Ihr Kaffee.«

Luckow schrak auf. Hinter dem Tresen klingelte das Telefon.

»Da – danke«, haspelte er und machte ihr auf dem Tisch Platz für die Tasse. Dann sah er auf, in ihr Gesicht, sah ihr Lächeln, sanft, verständnisvoll, beinahe zärtlich, und war heilfroh, auch nicht einen Schimmer von Vorwurf in ihren Augen entdecken zu können.

»Ancilla – Telefon für dich!«

Ancilla nickte, sagte: »Ich komme!« und ging.

Luckow schaute ihr kurz nach, konzentrierte sich dann aber sofort wieder auf seine Lektüre. Ancilla! Er trank einen Schluck Kaffee. Der Name gefiel ihm. Er war so schön wie die Frau, die sich dahinter verbarg. Ancilla. Luckow. »Zwei außergewöhnliche Namen«, dachte er. Aber wie sollte es weitergehen? Wie nur?

Saubere Arbeit

Der Chrysler war fein säuberlich um die Tanne gewickelt. White Hand Slainey hatte so etwas noch nie gesehen. »Saubere Arbeit!« dachte er anerkennend. Wenn der Tod zur Höchstform auflief, ließ er sich wirklich nicht lumpen.

Slainey näherte sich dem Wrack. Der blaue Lack heuchelte Ruhe vor. Slainey hatte Minuten vorher den fürchterlichen Schlag gehört. Ohne unbedingt zu wissen, was er tun sollte, wenn er ankam, hatte er die Richtung geändert. Einfach so. Es war egal, wo er seine Zeit verbrachte. Die Arbeitslosigkeit hatte ihn gelassen gemacht. Nimm einem Mann seine Arbeit, und er wird zum Trinker oder ein Ausbund an Gelassenheit. Slainey war beides. Er wollte sich nicht festlegen.

Die Ruhe irritierte Slainey ein wenig.

»Als wär die Karre allein gegen den Baum gerauscht«, murmelte er vor sich hin. In einem weiten Bogen umkreiste er die Tanne. Auf der Rückseite berührten sich die Stoßstange von Front und Heck des Chryslers beinahe. »Wirklich eine saubere Arbeit«, dachte Slainey. Nur Levers aus Larsie konnte da mithalten. Levers war mit seinem Golf vor drei Jahren gegen sein eigenes Haus gerauscht. Das Haus war ein gutes Haus, es stand heute noch. Levers hatte es mit seinen eigenen Händen hochgezogen. Es war sein ganzer Stolz gewesen. Er brauchte diesen Stolz, nachdem seine Frau Mary ihn in einer Regennacht verlassen hatte. Einfach so. Die beiden Kinder, Lizzy und Thomas, hatte sie mitgenommen. Die Frauen machen immer alles einfach so. Sie gebären einfach so Kinder; sie kümmern sich einfach so um den Haushalt; sie gehen einfach so nebenher zur Arbeit; sie kaufen sich einfach so Kleider und Kosmetik; sie schaffen sich einfach so einen Liebhaber an; sie schmeißen ihre Kinder, die sie nicht wollen, einfach so in den Abfluß, und sie verlassen einfach so ihre Männer. Frauen sind einfach so. Darum ging es nicht. Levers hatte einen anderen Fehler begangen: Er war mit voller Wucht genau gegen das Hauseck gerast. Schon ein Aufprall frontal gegen eine Hauswand ist kein Vergnügen. Aber genau gegen eine Ecke ... Levers Golf spaltete sich wie Holz beim Sägen fein säuberlich in zwei Hälften. Die eine Hälfte schleifte zur Nordseite hin und die andere zur Südseite. Und Levers mittendrin. Das war auch eine saubere Arbeit gewesen damals.

Aus dem Wrack stieg kein Rauchzeichen, nichts. Es klebte da an dieser Tanne, als hätte irgendein verrückter Künstler es dahindrapiert. Ohne den Höllenschlag Minuten vorher wäre das durchaus möglich gewesen. Die Künstler heutzutage hatten Gefallen gefunden an allem, was mit Blut und Innereien und Ekel zu tun hatte. Selbst in Ormond hielten diese Künstler nun Einzug. In drei Tagen sollte dort die erste Ausstellung moderner Künstler stattfinden.

»Wir müssen etwas unternehmen!« hatte Franklin, der Leiter des Kulturamts von Ormond, behauptet. Und dabei seine Nase in die Höhe gereckt, als sei die Luft um ihn herum verpestet. Der bei ihm stehende Lornheim hatte dazu eifrig genickt. Lornheim hatte die Bußgeldstelle unter sich. Slainey war einfach weitergegangen.

»Sonst gehen unsere Jungen in die Großstädte. Um das zu verhindern, müssen wir ihnen hier etwas bieten.«

Franklin irrte sich. Die Jungen wollten Arbeitsplätze, die es hier in Ormond einfach nicht gab. Die Wirtschaft lag ziemlich am Boden. Also blieb ihnen nichts anderes übrig, als aus Ormond wegzuziehen. Auch wenn es anderswo nicht besser aussah. Und die Gaffertouristen betrachteten Ormond sowieso nur als Zwischenstation. Slainey konnte sie verstehen. Außer dem kleinen Hafen und der reizvollen Landschaft um sich herum hatte Ormond nichts zu bieten. Letztendlich wollte Franklin sich nur wichtig machen, und Blut, Innereien und Ekel schienen ihm dazu der beste Weg zu sein.

Aus dem Chrysler drang ein Stöhnen. Slainey hörte es und fragte sich sofort, wo um alles in der Welt in diesem Paket Schrott noch Platz für einen Menschen war. Er ging zurück auf die andere Seite des Baumes. Unvermittelt nahm er eine Bewegung wahr. Im Fahrerfenster tauchte ein blutüberströmter Kopf auf. Der Fensterrahmen ließ das Ganze aussehen, als liefe im Fernseher ein Splasherfilm. Slainey hatte keine Ahnung, ob der Kopf zu einem Mann gehörte oder zu einer Frau. Der Mund in diesem Kopf bewegte sich.

»He...l... –«

Slainey ging ganz nah an das Fenster heran. »Also doch keine saubere Arbeit«, dachte er. Selbst der Tod zeigte sich immer öfters nachlässig. Aber vielleicht spielte er auch nur. Jeder braucht sein Spielzeug, warum also nicht auch der Tod?

»Helf... Sie –«

Die Stimme konnte einer Frau gehören. Die blutgetränkten Haare waren kurz geschnitten. »Verdammt!« dachte Slainey, warum mußten die Frauen es einem immer so schwermachen?

»Bleiben Sie ruhig, Ma'am«, sagte Slainey und bemerkte im gleichen Moment, daß er flüsterte. Wie sollte ihn die Frau verstehen, wenn er flüsterte? Diese verdammte Flüsterei!

Beim Sex wird geflüstert, bei Verbrechen wird geflüstert und selbst beim Sterben wird geflüstert. Wenn er starb, würde er noch einmal einen Schrei loslassen, den niemand überhören könnte. Slainey hatte sich das eines Tages vorgenommen, als ihm die Maschine die rechte Hand abgerissen hatte. Er hatte es sich vorgenommen, weil er in dieser Sekunde damals nicht geschrien hatte. Er hatte nur seinen Armstumpf angestarrt, auf der Stelle kehrtgemacht und war gegangen. Sie hatten ihm nachrennen und mit sanfter Gewalt ins Krankenhaus bringen müssen.

»Das kommt vom Schock«, hatte der Arzt sie aufgeklärt. Slainey wußte es besser. Er hatte einfach nicht schreien wollen. Harte Männer weinen nicht. Hieß so nicht ein Roman von Mailer? Dabei hatte Slainey nicht einmal hart sein wollen. Er hatte nur einfach nicht schreien wollen.

»Der Notarzt ist schon unterwegs, Ma'am.«

Er hatte noch nie besonders gut lügen gekonnt. Aber diese Frau hier vor ihm konnte in ihrer Situation eine Lüge gut gebrauchen. Was machte er mit der Wahrheit schon groß besser? Die Wahrheit fügte einem nur Schmerzen zu. Immer. Es schien eine ihrer Vorlieben zu sein. Schmerzen, Schmerzen, Schmerzen! »Du mußt dich zusammenreißen«, sagte sich Slainey.

Die Frau bekam einen Hustenanfall. Wahrscheinlich hatte sie Blut geschluckt. Slainey wollte ihr unwillkürlich auf den Rücken klopfen. Aber da war kein Platz mehr für eine fremde Hand. Er hätte gerade gegen die Tanne klopfen müssen. Nein, der Tod ließ sich nicht mehr ins Handwerk pfuschen, wenn er seine Klauen mal ausgestreckt hatte. Auch wenn er keine saubere Arbeit leistete. Der Tod war wie eine Katze, wenn sie mit einer Maus spielte.

Die Frau fing sich wieder.

»Wer sind Sie?« fragte sie mit leiser Stimme. Sie versuchte ihre Augen aufzuschlagen, aber das Blut machte es ihr unmöglich.

»Slainey, Ma'am. – White Hand Slainey.«

Slainey wußte nicht, warum er seinen Spitznamen gesagt hatte. Die Frau würde nichts damit anfangen können. Er kannte nicht viele Leute. Tom und Heather und ein paar andere, das war's. Und Blacky, Toms Hund. Mehr brauchte er nicht, um über die Runden zu kommen.

»White Hand ... Slainey?«

»Ja, Ma'am. Aber Sie dürfen sich nicht anstrengen. Der Arzt muß gleich hier sein.«

Die Frau verzog ihr Gesicht. Sollte es ein Lachen sein? Slainey wollte an der Fahrertür rütteln, doch er fand den Türgriff nicht. Er griff an den Holmen, zuckte jedoch zurück, als ein plötzlicher Schmerz seine gesunde linke Hand durchfuhr.

»Lassen Sie –«

Die Stimme der Frau erstarb. Slainey wunderte sich, daß sie überhaupt noch Kraft fand, zu sprechen. Finster starrte er auf seine weiße Metallprothese.

»Woher haben Sie ... den Namen?«

»Welchen Namen, Ma'am?«

»White Hand Slainey?«

Ein leises Stöhnen folgte ihrer Frage. Slainey spürte, wie Unruhe ihn zu packen begann. Warum nur hatte der verdammte Tod keine saubere Arbeit geleistet? So wie damals bei Levers. Die Hausecke hatte ihn gespalten, ihn in zwei Hälften geteilt, damit hatte es sich. Das war eine verflucht nochmal saubere Arbeit. Aber nicht das hier. Er hob seinen rechten Arm vor ihre Augen.

»Deswegen, Ma'am«, sagte er. Dann begriff er, daß sie seinen verkrüppelten Arm nicht sehen konnte wegen des Blutes in ihren Augen. Er klopfte mit seiner Linken gegen den Metallstumpf.

»Was ist das?«

»Mein Arm.«

»Hört sich ... komisch ... an.«

Slainey mußte lächeln. »Es ist komisch, Ma'am. Es ist nämlich eine Prothese. Sie sprechen mit einem Krüppel, um genau zu sein.«

»Wollen ... Sie ... mit mir tauschen?«

Und dann lachte sie. Es war zwar mehr ein Röcheln, doch sie lachte tatsächlich leise. Dabei verzog sie ihr Gesicht. Es war ein schönes Gesicht, auch ohne lange Haare.

»Sie ... sagen ... ja gar ... nichts, Mister Slainey.«

»Ich denke über Ihre Frage nach.«

»Lassen Sie's gut sein ... Es war – war ... nur ein ... Scherz.«

»Soll ich Ihnen die Augen frei machen?«

»Damit ich Ihre Hand sehen kann?«

»Ich kann sie verstecken.«

»Können Sie auch –«, sie versuchte, mit ihrem Kopf zu nicken, brachte aber nur ein Zucken zustande, »das hier verstecken, Mister Slainey?«

Slainey begriff sofort, was sie meinte.

»Der Arzt –«

»– wird nicht kommen, Mister Slainey. – Ich weiß. Sie lügen schlecht, Mister Slainey. – Trotzdem ... vielen ... Dank.«

»Sie haben recht, Ma'am. Er wird nicht kommen. Zumindest nicht rechtzeitig kommen. Aber ich würde Ihnen gerne helfen. Soll ich Ihnen nicht vielleicht doch das Blut aus Ihren Augen wischen?«

»Nein, lassen Sie nur. – So kann … ich … mich … schon mal daran … gewöhnen, was … ich in … Zukunft … sehen werde.«
»Sie sind sehr tapfer, Ma'am. Ich weiß nicht, ob ich das an Ihrer Stelle auch wäre.«
Wieder deutete ihr Gesicht ein Lächeln an.
»Als Krüppel … haben … Sie … es … bestimmt … auch … nicht einfach … Mister Slainey.«
»Nun, ich komme ganz gut damit zurecht.«
»Sie … meinen … Sie … haben … sich … daran … gewöhnt.«
»So könnte man es auch sagen, Ma'am.«
Ein neuerlicher Hustenanfall schüttelte ihren Kopf.
»Jetzt … ist … es … soweit, Mister Slainey.«
Slainey schluckte.
»Es … war … nett, Sie … kennen…gelernt … zu … haben. Könnten … Sie … mir … bitte … Ihre … Hand … reichen?«
»Eine bestimmte, Ma'am?«
Wieder dieses Lächeln.
»Das … überlasse … ich … Ihnen.«
Slainey sah ihr die Mühe an, die es ihr bereitete, ihren Kopf weiterhin aufrecht zu halten. Er legte ihr seine Hand auf ihre Stirn und spürte Sekundenbruchteile später das Gewicht ihres Kopfes. Nach einigen weiteren Minuten begann seine Hand zu schmerzen. Seine linke.

Kikeriki

»Endlich haben sie es diesen Ausbeutern gezeigt!«
»Welchen Ausbeutern? Und wer hat es ihnen gezeigt?«
»Na, das oberste Gericht. Den Legehennenbetreibern.«
»Inwiefern?«
»Legehennenbatterien werden zukünftig verboten. Weil sie nichts anderes sind als Tierquälerei.«
»Ach, das ist aber schön für die Hühner. Nur eines begreife ich nicht.«
»Was?«
»Du bist gegen Legehennenbatterien, aber für die Abtreibungspille.«
»Was hat das miteinander zu tun?«
»Na ja, immerhin sind zwei Tage Todeskampf ja auch nicht gerade besonders human.«
»Hm, sicher, das mag schon sein. Aber hast du schon mal ein Kind gesehen, das Eier legt?«

Tanten leben auch nicht ewig

Tante Amalie stürzte sich zu Tode, als ich acht Jahre alt war. Auf der alten knarrenden Leiter stehend, versuchte sie gerade, die kaputte Glühbirne der schleimig grünen Deckenlampe im Wohnzimmer auszuwechseln, als ich sie bat, mir die Leiter zu geben. Ich wollte Madame Pudy, unsere Hauskatze, vom Küchenschrank herunterjagen, auf den sie sich geflüchtet hatte, weil ihr das Feuer der Wunderkerze zu heiß geworden war, die ich ihr an den Schwanz gebunden hatte.

Tante Amalie weigerte sich, mir die Leiter zu geben, da sie zuerst die Glühbirne auswechseln wollte. Tante Amalie weigerte sich immer, eine einmal begonnene Arbeit wegen etwas anderem zu unterbrechen. Mir blieb also nichts anderes übrig, als ziemlich stark an der Leiter zu rütteln, weil ich befürchtete, daß Madame Pudy vom Schrank heruntertürmen wollte. Nachdem aber auch das nichts nützte, nahm ich die Leiter einfach mit. Ich war mit ihr noch nicht an der Tür, als Tante Amalie mit einem lauten Aufschrei zu Boden krachte. Da ich gleich darauf Madame Pudy durch die Diele unseres Häuschens hetzen sah, brauchte ich die Leiter natürlich nicht mehr und gab sie Tante Amalie sofort zurück. Sie interessierte sich aber nicht weiter dafür. Ohne von ihr auch nur ein Wort des Dankes gehört zu haben, verließ ich das Zimmer und jagte der feigen Madame Pudy nach.

Als ich Stunden später zurückkam, standen mehrere interessant aussehende Autos auf unserem kleinen Hof. So auch ein Kombi in glänzendem Schwarz, dessen beide Türen hinten offenstanden. Da niemand in der Nähe war, stieg ich ein und entdeckte einen langen Kasten, den ich gut als Gefängnis für Madame Pudy hätte gebrauchen können. Also versuchte ich ihn hinauszuschieben, was mir aber nicht gelang, weil er so schwer war. Nachdem ich ihn geöffnet hatte, sah ich auch den Grund dafür: Tante Amalie lag darin mit geschlossenen Augen. Da ich ihr nach der Leiter nicht auch noch den Kasten wegnehmen wollte, verschloß ich diesen wieder und ging ins Haus. Dort standen Tante Genoveva, meine Lieblingstante Augusta und Tante Wilma neben einigen anderen Leuten im Wohnzimmer und weinten. Sie nahmen mich nacheinander in die Arme, drückten und küßten mich und schmierten mir dabei ihre fettigen Niveatränen ins Gesicht und in meine Augen, bis ich schließlich auch weinte, weil das brannte und mir weh tat. Ich wurde gefragt, ob ich wüßte, wie das passiert sei. Ich sagte: »Nein!« Und erfuhr dann, daß Tante Amalie von der Leiter gefallen sei und sich dabei das Genick gebrochen hätte. Es hörte sich ziemlich schlimm an. Die schwerhörige Tante Wilma hatte von der ganzen Sache nichts mitbekommen, da sie in ihrem Zimmer im oberen Stock wieder einmal vergeblich nach ihrem Hörgerät gesucht hatte. Und die anderen zwei waren erst von ihrem Kaffeekränzchen zurückgekommen, als es zu spät war.

Für uns alle war der Tod von Tante Amalie natürlich ein großer Verlust, da sie die einzige war, die etwas von handwerklichen Dingen verstanden hatte.

Zwei Jahre später verschluckte sich Tante Genoveva, die Dichterin unter meinen Tanten, zu Tode. Sie aß gerade einen Apfel an ihrem geliebten Schreibtisch, als es mir wieder einmal gelang, mich von hinten an sie heranzuschleichen und sie zu erschrecken. Zwar mochte sie dieses Spiel nicht besonders, da sie ständig über ihr schwaches Herz klagte, doch sie war die einzige, die wenigstens hin und wieder mitspielte. Ich schaute ihr dann wie immer, wenn es mir gelungen war, sie zu erschrecken, ins Gesicht. Doch sie japste nur etwas von »uft, uft«, was ich nicht genau verstand. Mit ihrem hochroten Kopf wirkte sie ziemlich wütend und deshalb ging ich aus dem Zimmer. Ich wollte nicht noch mehr Ärger, nachdem mir Tante Wilma schon am Morgen mit dem Heim gedroht hatte. Und das nur, weil ich Madame Pudy gefesselt und geknebelt in die Waschmaschine gesperrt, und Tante Wilma mit ihren schlechten Augen es nicht sofort bemerkt hatte.

Tante Wilma und Tante Augusta erklärten mir dann, daß Tante Genoveva sich verschluckt und keine Luft mehr bekommen hätte und deshalb gestorben sei. Danach stellten sie mir wieder diese eine Frage, und ich sagte wieder: »Nein!« Tante Genovevas Tod war wirklich sehr schade, da ich ja sonst keine Spielkameraden hatte, weil niemand mit einer Verrückten (so nannten sie mich) spielen wollte.

Dafür, daß dann ein Jahr später auch noch Tante Wilma starb, konnte ich genausowenig etwas. Schuld war einzig und allein sie selbst. Warum hatte sie auch ihr Hörgerät in die Dachrinne fallen lassen, als sie sich wieder einmal die Landschaft um unser Haus herum anschaute? Mit ihrer überlauten Stimme, die so klang wie die von Tante Genoveva, wenn sie mit Bananenquark im Mund sprach, zeterte sie wegen des verlorenen Hörgerätes, mit dem sie die singenden Vögel hören wollte. Nachdem ich es in der Dachrinne liegen sah, zeigte ich es ihr, doch sie konnte es nicht sofort sehen und forderte mich deshalb auf, sie festzuhalten, damit sie sich ein wenig weiter hinausbeugen konnte. Als sie sich schließlich immer weiter hinausbeugte und schwerer und schwerer wurde, blieb mir nichts anderes übrig, als sie loszulassen, sonst wäre ich auch noch von ihrem Gewicht hinausgezogen worden. Dabei hätte ich ihr das Hörgerät doch wirklich gern aus der Dachrinne geholt, war ich schließlich durch die Versteckspiele mit Madame Pudy eine geübte Kletterin geworden.

Tante Wilma schrie dann ziemlich laut, als sie nach unten flog, und im ersten Augenblick dachte ich noch, sie wollte mir sagen, daß sie ihr Hörgerät wiederhabe. Aber der Schrei endete ganz plötzlich, ohne daß ich sie jedoch gesehen hätte, da mir die Dachrinne die Sicht versperrte. Ich ging dann nach hinten in den Garten hinaus, um an einer Falle für Madame Pudy weiterzubauen. Ein weiterer Schrei, diesmal von Tante Augusta, der mich an Indianergeheul beim Angriff auf eine Wagenburg erinnerte, machte mich unruhig. Also ging ich nach vorne auf den Hof, wo ich die arme Tante Augusta mit an die Ohren gedrückten Fäusten stehen sah. Vor ihr auf dem Boden lag Tante Wilma in einer Stellung, die ich niemals nachmachen könnte, obwohl ich sehr gelenkig bin.

Heute nun leben Tante Augusta und ich allein in unserem Häuschen, nachdem sich auch Madame Pudy für immer von uns verabschiedet hat. Vielleicht hätte ich ihr doch nicht zeigen sollen, wie Tante Wilma aus ihrem Fenster gefallen war, zumal ich ihr vorher die Beine gefesselt hatte, damit sie mich nicht kratzen konnte. Ihr Tod war für mich aber kein großer Verlust, schließlich hatte sie mich ja auch nie gemocht.

Pampers gegen Madonnas

»… und nun schalten wir uns ein in die Direktreportage von Marty, unserem geliebten Überschläger!«

»Ja, und hier bin ich wieder, Freunde und Freundinnen vom Eishockey und von mir, rechtzeitig zum Beginn des dritten und damit letzten Drittels des Spieles der ›Pampers‹ gegen die ›Madonnas‹ beim Spielstand von sieben zu sechs für die ›Pampers‹. Und wenn ich diese beiden Namen nenne, dann wißt Ihr zu Hause, was das heißt, nämlich: Einsatz, Kampf, und Härte! Außerdem habt Ihr ja mich, Euren Marty, der Euch wie gewohnt dieses Spiel kommentiert, daß Ihr glaubt, Ihr würdet alles mit eigenen Augen sehen. Und doch muß ich – die Spielerinnen versammeln sich gerade um den Anspielkreis – gestehen, daß mir, ja mir, Marty, dem Überschläger, heute abend schon einige Male die Worte ausgegangen sind bei diesem Spiel, das alles in den Schatten stellt, was ich bisher im Dameneishockey gesehen habe. Da sind zum einen – aber soeben hat das letzte Drittel begonnen und Susi von den ›Pampers‹ das Bully gewonnen, der Puck kommt zu ihrer Verteidigerin Amy, genannt Rammy, der mit neun Jahren ältesten Spielerin bei den ›Pampers‹, die nun von Grandma Jolanda angegriffen wird. Jolanda ist wie die meisten ihrer mindestens vierzig Jahre alten Mitspielerinnen im neunten Monat, also kurz vor dem Falltag, und sie blieb im ersten Drittel nach einem hervorragenden Beinsteller von Funny Fun, dem jungen und vielversprechenden Nachwuchstalent von den ›Pampers‹, minutenlang auf dem Eis liegen, krümmte sich, und wir alle hier im mit zwanzigtausend Zuschauern restlos ausverkauften Stadion hofften schon, daß es bei ihr soweit wäre – sie erwartet ja Zwillinge –, aber dann stand sie wieder auf, ließ sich an der Bande spritzen und spielte weiter.

Jolanda hat inzwischen Rammy den Puck abgenommen, wird von dieser aber sofort wieder hart bedrängt. Ja, wenn sich Rammy in zwei Jahren von den ›Pampers‹ verabschieden muß, weil sie dann das Alterslimit überschreitet, wird dieser Mannschaft eine wichtige Spielerin fehlen, und die ›Tampons‹ können sich heute schon auf sie freuen.

Jolanda hat währenddessen zu Turbo-Anna gespielt, diese paßt weiter zu Fließband-Danny, der siebenfachen Mutter, die im achten Monat ist und jetzt von Mähdrescher-Sonja hart angegriffen wird.

Fließband-Danny bleibt liegen, hält sich das rechte Knie, das Mähdrescher-Sonja wie gewohnt auf den Punkt genau getroffen hat. Die Zuschauer gehen begeistert mit, aber das hört Ihr über das Außenmikro ja selbst.

Mähdrescher-Sonja holt nun aus zum Schuß, Piekser-Biggy versucht sie anzugreifen, wird aber von Mähdrescher mit einem hervorragenden Stockstich in den Magen gestoppt – das hat sie keine Sekunde Zeit gekostet –, holt wieder aus – aber in diesem Augenblick heult die Sirene auf, die Torklappen gehen zu, und die nächste Sechzig-Sekunden-Pause beginnt. Grandma-Jolanda und Piekser-Biggy fahren zu Fließband-Danny, die immer noch auf dem Eis liegt, und schleppen sie an den Armen in Richtung Bank.

Puuh – ich hoffe, daß Ihr da draußen mich überhaupt noch versteht, so fertig sind meine Stimmbänder. Aber bei so einem Wahnsinnsspiel muß man ganz einfach mitgehen, und daß es so wahnsinnig ist, liegt einzig und allein an den neuen Regeln, die ja doch bei einigen zunächst auf Kritik gestoßen waren. So meinten manche, man solle trotz der Sechzig-Sekunden-Regel die Schiedsrichter beibehalten. Aber diese sind jetzt überflüssig. Es wird zwei Minuten gespielt und dann kommt die einminütige Pause. Deshalb gibt es jetzt auch keine Zeitschinderei mehr, und wer wirklich verletzt ist, kann ja innerhalb von zwanzig Sekunden während der Pause vom Eis geholt werden. Und diese Zwanzig-Sekunden-Regel paßt einigen ja ebenfalls nicht. Sie behaupten, daß es Aggressionen im Publikum freisetzen würde, wenn nach zwanzig Sekunden die Eisfläche unter Strom gesetzt wird. Aber das stimmt nicht – im Gegenteil: Dadurch, daß die Spielfläche innerhalb kürzester Zeit leer ist, beruhigen sich die Gemüter der Fans sehr schnell wieder. Und für die wenigen, die trotzdem noch Randale wollen, gibt es ja immer noch die sogenannten ›Gulaschfelder‹ hinter den Publikumsrängen, auf denen sie sich schlagen können. Und noch etwas spricht für die Regeländerungen: die Zuschauerzahlen! Noch nie gab es so viele Zuschauer, und das, obwohl die Eintrittspreise deftig erhöht wurden.

Aber die Pause ist vorbei, es geht weiter, und die ›Pampers‹ greifen wieder an mit der Schönen Belinda, der achtjährigen Stürmerin mit dem Glasauge, die den Puck unbedrängt zu Sensen-Bärbel weiterleitet – ich glaube, die ›Madonnas‹ schlafen noch – diese legt den Puck mit einem feinen Rückhandpaß Nieren-Edda vor, und die holt aus, schießt – und: TOR, TOR, TOR!!! Es steht acht zu sechs für die ›Pampers‹, und damit dürfte eine Vorentscheidung gefallen sein. Acht zu sechs für die ›Pampers‹ durch einen herrlichen Schlagschuß von Nieren-Edda. Vielleicht war es doch spielentscheidend, daß die beste und mit achtundvierzig Jahren auch älteste Spielerin von den ›Madonnas‹, Psycho-Carmen, hochschwanger, im zweiten Drittel nach einem genau gezielten Stockstich von Mähdrescher-Sonja in den herrlich prallen Bauch nicht mehr weiterspielen konnte. Aber das ändert nichts am Spielstand und …«

»… und für uns ist das eine gute Gelegenheit, kurz zum Golf zu wechseln, wo der Amerikaner Henry Culvin gerade verzweifelt versucht, noch rechtzeitig vor dem Krokodil aus dem Wasserloch zu kommen, in das er durch einen eleganten Hinterkopfschlag des Europäers Slotzschki-Maier befördert wurde. Charly – bitte melden!«

Das Wirtshaus mit den Totenmasken

Wieder hatte eine neue Wirtschaft aufgemacht. Krett war es auf seinem feierabendlichen Heimweg in den vergangenen Tagen schlichtweg entgangen. Und es wäre ihm auch heute entgangen, hätte nicht die hübsche Schwarzhaarige seinen Weg gekreuzt.

»Hoppla, junge Dame. Sie haben's wohl eilig?« hatte er sie gefragt, nachdem sie ihn im Vorbeistürmen versehentlich gestoßen hatte. Kein wuchtiger Stoß, zumindest keiner von der Sorte, die einen vierundfünfzigjährigen Mann aus den Latschen kippen ließ. Was das betraf, hätte Krett viel erzählen können. Seinem Gesicht war anzusehen, daß er in seinem Leben schon manchen Stoß zu verkraften gehabt hatte. Kantige Gesichtszüge prägten sich einem ein, wenn man Krett begegnete. Oberhalb des linken Wangenknochens störte eine schlecht vernarbte Schnittwunde über mehrere Zentimeter hinweg diese klare Symmetrie, zu der auch die schmalen Lippen und eine große, stark konturierte Nase beitrugen. Das Leben hatte sich Krett vorgenommen, und war dabei nicht kleinlich gewesen. Damit das Ergebnis nicht zu hart ausfiel, hatte es ihm zwei müde dunkelbraune Augen mit tiefen Ringen darunter und eine hohe Stirn mit spärlich verteilten grauen Haaren an den Seiten verabreicht, die nun wirklich nicht zu diesen markanten Gesichtszügen paßten.

Das Mädchen, mehr als sechzehn, siebzehn Jahre hatte sie Kretts Schätzung nach dem Leben bisher noch nicht abgerungen, schien sich genau über diesen Widerspruch in Kretts Gesicht Gedanken zu machen. Schweigend musterte sie ihn mit hellem, wachem Blick aus schwarzen Augen, der eine gehörige Portion Mißtrauen nicht verleugnete. Sie war eine kleine Schönheit, ohne Zweifel, die Krett immerhin bis ans Kinn reichte. Um sie herum drängelten Heimkehrer wie ziellose Zombies; Autos, Lastwagen, Linienbusse verteidigten mit Gasgeben, quietschenden Bremsen und Gehupe ihren Platz im Verkehrsfluß; es roch nach Abgasen, Döner Kebab, Pommes, Bratwürsten und, Krett nahm es verwundert zur Kenntnis, nach frisch gebrannten Mandeln. Aber die Zeiten waren längst vergangen, als man nach den Gerüchen noch die Jahreszeit bestimmen konnte. In der rasch aufkommenden Dämmerung dieser spätherbstlichen Tage, die die zunehmende Illuminierung durch die Autos, Schaufenster und darüberliegender Wohnungen von Minute zu Minute schärfer zeichnete, erschien Krett das Gesicht der jungen Schön-

heit auf eine anziehende Art geheimnisvoll. Doch im gleichen Moment, als ihm dieser Eindruck gewahr wurde, begriff Krett, daß es längst an der Zeit gewesen wäre für eine Erwiderung durch das Mädchen.
»Nein. Entschuldigung.«
Sie hatte eine feine, klare, wenn auch etwas leise Stimme. Krett wollte den kaum wahrnehmbaren Gesprächsfaden, der darin bestand, daß sie seine Frage beantwortet hatte, bevor sie sich für das Mißgeschick entschuldigte, aufnehmen und festhalten, da wandte sie sich auch schon von ihm ab und ging weiter. Kretts müde Augen prüften unwillkürlich die Umgebung nach Blicken von Passanten, in denen er den stillen Vorwurf, ein alternder Lüstling zu sein, entdecken würde. Doch die Menschen waren mit sich selbst beschäftigt, und den Rest besorgte die aufkommende Dunkelheit. Nicht etwa, daß Krett sich groß Gedanken gemacht hätte über eine solche Meinung von anderen. Das Leben hatte ihm auch dazu seine Ansicht ins Gesicht gemeißelt. Doch diese Blicke hätten Krett das bestätigt, was er in diesen Sekunden empfand: Er wäre gern ein Lüstling gewesen. Also überlegte er nicht lange, vor allem nicht zu lange, als daß die geheimnisvolle Schönheit hätte entschwinden können, und folgte ihr. Und nun stand er vor dieser neueröffneten Wirtschaft mit dem seltsamen Namen »Headless« und überlegte, ob er dem Mädchen auch da hineinfolgen sollte. Krett wurde klar, warum ihm die neueröffnete Wirtschaft nicht früher aufgefallen war: Außer dem Namen hatte sich nichts verändert. Die graugetünchte Fassade mit dem an vielen Stellen abgeplatzten Verputz sah noch immer genauso abstoßend aus wie schon seit Jahren. »Headless«. Wieder so ein englischer Name, mit dem er nichts anfangen konnte, bei dem ihm jeder Sinn verschlossen blieb. Aber die Jungen mochten diese so weltläufig klingenden englischen Namen, warum auch immer. Wenn sich hinter einem sinnlosen Namen eine solche Schönheit verbarg, konnte es Krett einerlei sein. Ihm ging es schließlich schon lange nicht mehr um Namen.

Sich vor allen Augen zu blamieren hatte Krett freilich auch keine Lust. Möglicherweise hatte anstelle der alten Wirtschaft, an deren Namen Krett sich nicht erinnern konnte, eine Art Jugendhaus geöffnet, was eine grandiose Blamage beim Eintreten für ihn bedeutet hätte. Also stellte er sich an eines der Fenster, um hineinzuschauen. Doch das trübe, bunte Milchglas ließ nur gelblich schimmerndes Licht nach außen dringen. Er würde hineingehen müssen. Krett gab sich einen Ruck.

Nachdem er die Tür hinter sich geschlossen hatte, empfand Krett die unerwartete Stille in dem Raum vor sich als äußerst angenehm. Es schien ihm, als hätte er eine andere Welt betreten. In dem Raum sah es aus wie in zig Wirtschaften dieser Art auch. Die insgesamt zwölf Tische aus massivem dunklem Holz standen ohne jedwede erkennbare Anordnung da, umgaben die meterlange Theke gleich einem mehrreihigen Halbkreis. Kretts Blick huschte über unförmige dunkle Teller oder Tropfkerzenhaufen, die auf den Tischen standen, und landete an der Theke. Hinter dieser stand ein kräftiger, glatzköpfiger Mann um die Sechzig mit verschlossenem Gesichtsausdruck, der ihn ohne Scheu mißtrauisch musterte. Von Krett aus links, an einem der Tische auf der Fensterseite, von wo er gerade noch hineinzuschauen versucht hatte, saßen drei Männer mit unauffälligen Gesichtern, die ihm nur kurze gelangweilte Blicke zuwarfen und sich dann wieder ihrer murmelnden Unterhaltung widmeten. Direkt vor ihm, getrennt nur durch einen leeren Tisch, saßen zwei weitere Männer. Beide machten einen ungepflegten Eindruck und hatten sich offensichtlich schon mehrere Tage nicht mehr rasiert. Einer der beiden nickte Krett freundlich grüßend zu. Krett erwiderte den Gruß, wobei er sich gut vorstellen konnte, daß der nächste Schritt des anderen darin bestand, ihn um ein Bier anzuhauen.

Rechts von Krett, im dunkelsten Teil des Raumes, saß das Mädchen. Sie schaute Krett direkt ins Gesicht. Täuschte er sich, oder lächelte sie ihn tatsächlich an? In dem diffusen Licht konnte er es nicht mit letzter Sicherheit sagen, doch allein die Aussicht darauf, daß es so sein könnte, war ja schon mal nicht schlecht. Er würde einfach nur ihr Lächeln sehen, es als Aufforderung verstehen und sich zu ihr hinsetzen. Eher beiläufig, um sie nicht zu verschrecken, nicht so stürmisch wie sie vorher bei ihrem Zusammenstoß. Doch bevor er sich in Bewegung setzte, blieb sein Blick an einem der unförmigen Teller auf dem Tisch vor ihm hängen. Und nun erkannte Krett seinen Irrtum: Das waren keine Teller, sondern Menschenköpfe. Krett zuckte zurück. Nein, er täuschte sich nicht: Das waren weder nicht abgeräumte Teller noch Tropfkerzen, sondern eindeutig Totenmasken von Menschen. Und zwar in einem erstaunlich guten Zustand, gerade so, als hätten sie vor einer Stunde noch gelebt. Was ging hier vor?

»Na, nun lassen Sie sich mal nicht erschrecken!« ertönte unvermittelt die Stimme des Wirts. Sie klang überraschend freundlich. Selbst bei dem schlechten Licht konnte Krett erkennen, daß das Mißtrauen aus dem Blick des kräftigen Mannes gewichen war und einem vergnügten Lächeln um die Lippen Platz gemacht hatte.

»Heutzutage muß man sich was einfallen lassen, wenn man Gäste anlocken will. Sensationen, Ungewöhnliches, ja auch Makabres, wenn es denn sein muß. Sonst bekommen sie keine Gäste mehr rein in die gute Stube.«

Krett beruhigte sich. Skeptisch schaute er in die Runde, was dem Wirt nicht entging.

»Na ja, stimmt schon: Platz bekommen Sie hier noch genug. Aber so etwas muß sich ja auch erst mal rumsprechen. Die Leute haben soviel Ablenkung heute, da dauert das seine Zeit. – Was wollen Sie trinken?«
Diese Frage des Wirts gab den Ausschlag.
»Ein Pils, bitte«, antwortete Krett. Dann bewegte er sich zu dem Tisch mit dem Mädchen, das ihn bisher keine Sekunde aus den Augen gelassen hatte.
»Darf ich?« fragte er und zeigte auf den freien Platz ihr gegenüber. Sie sagte nichts, also setzte Krett sich hin. Er überlegte gerade, wie er ein Gespräch mit ihr beginnen könnte, da kam der Wirt und brachte das Pils. Das Mädchen beachtete er überhaupt nicht, obschon sie noch kein Getränk vor sich stehen hatte. Womöglich hatte sie eine diesbezügliche Frage des Wirts bei ihrem Eintreten sofort entschieden verneint, und diese Mißachtung durch ihn war nun seine kleine Rache. Für Krett bot sich damit freilich bereits ein Ansatzpunkt für ein Gespräch. Doch der Wirt kam ihm zuvor.
»Nun, was halten Sie von meiner Idee?«
»Von welcher Idee?«
»Na, meine Idee mit den Totenmasken.«
Krett hatte keine besondere Lust, mit dem Wirt im Beisein des Mädchens über seine Totenmasken zu reden. Andererseits ahnte er, daß er ihn wohl nicht so schnell losbekam oder ihn sogar verärgerte, sollte er ihm dies allzu deutlich klarzumachen versuchen.
»Hm, Sie haben recht: Es ist eine ungewöhnliche Idee. Und bestimmt braucht es seine Zeit, wie Sie richtig sagen, bis es sich herumgesprochen hat.«
»Sie haben müde Augen.«
Peinlich berührt wandte Krett seinen Blick ab und schaute in die andere Richtung, als hätte er dort eine überraschende Entdeckung gemacht. Das Mädchen rührte sich nicht.
»Wenig Schlaf«, murmelte er und wurde sich bewußt, daß er eigentlich »das Leben« hatte sagen wollen. Wie aber sollte er ein junges Ding beeindrucken? Bestimmt nicht mit dem Leben, das einen alt und müde machte. Das Mädchen hörte bestimmt nur das »alt«, und das war nicht unbedingt die beste Empfehlung. Entschlossen setzte er das Pils an seine trockenen Lippen und trank es halb leer. Der Wirt schmunzelte. Vermutlich wußte er ganz genau, welche Absichten Krett dem Mädchen – irgendwie sah sie im Dunkel älter aus – gegenüber hegte. Und vermutlich bereitete es ihm ein ausgesprochenes Vergnügen, Krett vor dem Mädchen bloßzustellen, das er auch weiterhin nicht beachtete. Krett spürte Ärger in sich hochsteigen.

»Na, das ist kein Problem«, fuhr der Wirt ungerührt fort. »Das bekommen wir hin.«

»Die Gesichter sehen sehr natürlich aus. Gerade so, als hätten –«

»Sie vor wenigen Minuten noch gelebt. – Wollten Sie das sagen?« Krett sah den Wirt wieder an und nickte.

»Ich arbeite da mit jemand zusammen, der ein spezielles Konservierungsverfahren entwickelt hat, um diesen Effekt zu erreichen. Die Gäste sollen von den Gesichtern ja nicht abgestoßen werden, sondern neugierig gemacht werden.«

»Und wer hat Ihnen Modell gesessen für die Masken?« Krett bereute seine Frage sofort, denn aus den Augenwinkeln hatte er wahrgenommen, daß das Mädchen gähnte. Demonstrativ gähnte.

»Modell ... Modell? Ach so, jetzt verstehe ich, was Sie meinen. Nun, wenn Sie es so beschreiben wollen: Gäste natürlich. Wobei nicht jeder Gast dafür in Frage kommt.«

»Ah, nein?« erwiderte Krett zerstreut. Auf einen Schlag hatte die Müdigkeit ihn gepackt.

»Nein, natürlich nicht. Es müssen interessante Gesichter sein. Gesichter mit Leben, wenn Sie verstehen, was ich meine.«

»Ja, ich glaube, ich verstehe, was Sie meinen«, antwortete Krett mit einer Ruhe in seiner Stimme, die sogar ihm selbst auffiel. »Und, leben Ihre Gäste noch?« setzte er hinzu, um dem Mädchen zu zeigen, was er von dieser Unterhaltung hielt und daß er trotz seines Alters noch witzig sein konnte.

»Sie haben ein interessantes Gesicht«, sagte der Wirt, ohne auf seine Frage einzugehen. »Und hier auf dem Tisch fehlt noch eine Maske. Ich weiß nicht, ob Ihnen das schon aufgefallen ist.«

»Nein, ich – tatsächlich: Ist keine da.«

»Und Sie haben wirklich ein interessantes Gesicht. Ein Gesicht mit Leben.«

»Nein, ich doch nicht«, widersprach Krett müde. »Hier, das Mädchen ... das hat ... ein interessantes Gesicht.«

»Welches Mädchen?«

»Na, das da. Jung und schön. Sehen Sie es nicht?«

Krett zeigte auf das Mädchen ihm gegenüber. Es war nicht mehr da. Komisch, er hatte überhaupt nicht mitbekommen, wie sie gegangen war. Dafür tauchte das Gesicht des Wirtes groß vor ihm auf, auch wenn er es nur schemenhaft wahrnehmen konnte. Es schien zu lächeln. Aus dem Lächeln heraus drang eine Stimme wie aus großer Entfernung in sein Bewußtsein.

»Da ist kein Mädchen, Krett. Aber es ist eine schöne letzte Erinnerung, die Erinnerung an Jugend und Schönheit und das Leben überhaupt.«

Siegfried und die Wahrheit

Siegfried spürte, wie das Messer die Haut auf seinem Rücken zwischen dem fünfzehnten und sechzehnten Wirbel aufschlitzte, am Wirbelbogen vorbei gegen die harte Rückenmarkhaut stieß, sich von dem »hart« nicht aufhalten ließ, weiter vordrang zur Spinnwebenhaut, auch diese ungerührt durchtrennte, seinen Weg, geführt von der kräftigen Hand der Unbekannten, fortsetzte zum darauffolgenden Spaltraum, der mit der Gehirn-Rückenmarks-Flüssigkeit gefüllt war, bei der weichen Rückenmarkhaut ankam, sie widerstandslos zerschnitt, mit einem einzigen kurzen, kraftvollen Stoß das im Wirbelloch liegende Rückenmark samt weißer und grauer Substanz sowie der damit verbundenen vorderen und hinteren Wurzel durchtrennte, auch vor dem in diese Wurzeln übergehenden Spinalnerv und Spinalganglion nicht haltmachte, und schließlich beim Wirbelkörper ankam, der der sorgfältig geschliffenen Klinge ebenfalls nicht widerstehen konnte.

Siegfried wußte aber auch, daß das Ganze damit noch nicht vorbei war. Er wußte, daß das Messer jetzt in den Bereich vorstoßen würde, in dem es noch barbarischer schmerzen würde: in die Niere.

Er hatte sich nicht getäuscht: Mühelos flutschte das Messer aus seinem Rücken, die es führende Hand schien kurz zu zögern, um dann doch mit neuer Kraft in seine rechte Niere hineinzustoßen. Nacheinander drang sie zuerst durch die fettgefüllte, bindegewebige Nierentasche und die Bowmansche Kapsel, bevor ohne weitere Verzögerung die Rindenschicht, die Markschicht, die Nierenpapiellen, der Nierenbeckenkelch, die Nierenarterie und schließlich das Nierenbecken folgten.

Siegfried sank erschöpft in seinen Stuhl zurück. Immer und immer wieder peinigte ihn die Erinnerung an diese unbeschreiblichen Schmerzen, die er damals durch die unbegreifliche Gewalttat der Unbekannten hatte erleiden müssen. Durch sie war er zu einem Leben im Rollstuhl verdammt, wegen ihr mußte er auf nahezu alles verzichten, was mit Bewegung zu tun hatte. Einfach so hatte die Unbekannte sein Leben zerstört.

Siegfried weinte.

Die Polizei hatte die Frau bis heute nicht ermitteln können. Das trug ebenfalls dazu bei, daß sich seit damals Tag für Tag aufs neue die

Schmerzen wieder einstellten, wenn er sich die Bilder, Zeichnungen und Befunde von seiner zerstörten Wirbelsäule und Niere anschaute. Und was hatte er bis zu diesem Tag damals nicht alles getan, um seinen Rücken vor Gewalt jeglicher Art zu schützen. Er hatte sich immer bemüht, niemals einem anderen den Rücken zuzudrehen; auf der Straße war er ständig mit leicht zur Wand gedrehtem Rücken gegangen; jegliche Art von Festen und Menschenansammlungen hatte er gemieden, um nur ja nicht in eine gefährliche Situation zu kommen, obwohl er vorsichtshalber stets ein Messer mitführte.

Schon in seiner Kindheit hatte er dieses seltsame Gefühl der Hilf- und Wehrlosigkeit in seinem Rücken verspürt, nachdem ihn seine Mutter versehentlich mit heißem Wasser den Rücken verbrüht hatte. Aber er konnte doch niemandem erzählen, daß er zu heiß gebadet worden war. Und weil er das nicht konnte, hatte ihn nie jemand ernst genommen. Das war auch heute noch so.

Haß auf die Unbekannte packte Siegfried. Alle seine Vorsichtsmaßnahmen hatten nichts genützt, als sie sich mit dem Messer von hinten auf ihn gestürzt hatte. Wenn er nur nicht soviel von damals vergessen hätte. Dann müßten die Ärzte und die Polizei ihm seine Geschichte endlich glauben. Dann könnten sie ihn nicht weiterhin einfach abweisen und ihm sagen, daß er froh sein sollte, überhaupt noch lebend davongekommen zu sein.

Wie konnten sie nur so brutal sein, wo sie doch genau um sein Schicksal wußten, das aus einem durchtrennten Rückenmark und einer zerstörten Niere bestand? Aber nicht allein sie – kein Mensch mehr interessierte sich für seine Geschichte, obwohl sie sein Leben so grausam verändert hatte.

Wenn er sich doch nur noch an jede Einzelheit von damals erinnern könnte. Daran, wie die Unbekannte ihn abends im Park mit dem Messer von hinten angegriffen hatte. Dann könnte er allen Beteiligten endlich beweisen, daß er die ihm völlig Unbekannte wirklich nicht mit vorgehaltenem Messer vergewaltigt hatte, sondern sie ihn vollkommen grundlos hinterrücks niedergestochen hatte.

Nächtliche Stampede

Sie brüllten vor Lachen. Der Rotwein floß in Strömen, die Worte nicht minder gewaltig. Die Minuten zerrannen, von Schweigen nur selten durchbrochen. Sie nahmen die Themen, wie der Abend sie bot. Jeder ritt sein Steckenpferd, gemeinsam sprengten sie in eine Stampede. Ihre Herzen stampften, stampften schneller, als die Worte es geboten. Als der Wein zum Rinnsal verkam, sicherten sie den Fortgang des prächtigen Abends mit Cocktails und Sekt. Parfümierter Schweiß betäubte ihre Nasen. Doch da hatten sie Politik und Religion bereits hinter sich gelassen und bewegten sich auf dem Parkett ihrer Berufe, das ihnen Sicherheit gab.

Die Nacht war taghell, ja taghell, als sie gingen. Und sie brauchten sich nicht anzuschauen, um zu wissen, daß sie es wieder einmal geschafft hatten.

Das Gewinnspiel

Schmittkort spuckte, bekam das Stroh aber nicht vollständig aus seinem Mund. Wütend setzte er zum Überholen des alten Traktors an, der den Anhänger mit den hoch aufgetürmten Strohballen zog.

»Verfluchtes Zeug«, schimpfte er, um gleich darauf den Überholvorgang abzubrechen. Selbst sein SLK würde dies angesichts des gefährlich nahen Gegenverkehrs nicht mehr schaffen. Blieb ihm nur noch, den Abstand zu dem Traktor zu vergrößern, bis sich eine bessere Gelegenheit zum Überholen bot. Doch es brachte nicht viel; das Stroh schien es geradezu auf ihn abgesehen zu haben. Als wäre es zuviel verlangt, bei diesem Prachtwetter endlich mal wieder die Vorzüge eines Cabrios genießen zu wollen.

Das Telefon klingelte. Schmittkort, der kurz erschrocken war, drückte die Annahmetaste.

»Ja?«

»Hallo, Schatz, ich bin's.«

»Ach, schön. – Was gibt's?«

»Was ist los mit dir? Du klingst irgendwie sauer.«

»Ich bin nicht sauer«, erwiderte Schmittkort, da verfing sich ein weiterer Strohhalm in seinem dichten braunen Haar. Die Spitze ragte genau in sein Blickfeld. Mit einer wütenden Bewegung wischte er es weg. »Vor mir fährt nur so ein alter Traktor, der mir offenbar seine ganze Heuladung ins Auto kippen will.«

Ein vergnügtes Glucksen aus dem Lautsprecher folgte. Es beruhigte Schmittkort ein wenig.

»So, du fährst also ›oben ohne‹, ja?«

»Du hast es wie immer sofort erfaßt, Liebling.«

»Wie ein Kompliment klang das aber nicht.«

»Aber es war eines, glaub mir.«

Sie lachten beide, und Schmittkort spürte, wie er sich wieder beruhigte. Ein Blick nach vorne zeigte ihm, daß er jetzt überholen konnte. Hinten war alles in Ordnung. Er setzte den Blinker, scherte aus und gab Gas.

»Was kann ich für dich tun?«

»Könntest du unterwegs bitte noch ein Päckchen Nudeln mitbringen? Ich wollte auf dem Heimweg noch welche kaufen, aber der Laden vorne hatte keine mehr.«

»Ich sag' dir doch schon seit langem, daß du den kleinen Laden vergessen kannst. Der hat doch nie das, was man gerade braucht. Warum, meinst du, sind die Supermärkte so erfolgreich?«

Auf der Höhe des Traktors angekommen, warf Schmittkort dem Fahrer einen kurzen Blick zu. Wie er es sich gedacht hatte, war es ein alter Mann mit runzligem Gesicht. »Wahrscheinlich«, dachte Schmittkort, »fällt dem überhaupt nicht auf, daß er hinten seine ganze Ladung verliert.« Er schmunzelte bei der Vorstellung, daß der Bauer mit leerem Anhänger auf seinen Hof führe und sich erstaunt fragte, wo das Heu geblieben war.

»Ja, ja, ich weiß. Aber ich mag die alten kleinen Läden einfach.«

Schmittkort nickte mit dem Kopf, als säße seine Frau direkt vor ihm und nicht am anderen Ende der Leitung.

»Was soll's? – Müssen es irgendwelche bestimmte Nudeln sein?«

»Nein, ist egal. Nimm einfach welche, die dir gefallen.«

»Seit wann kauft man Nudeln nach dem Aussehen? Ich dachte immer, die müssen schmecken und nicht gut aussehen.«

»Ach, du willst mich bloß necken. Du weißt genau, wie ich das meine. Außerdem wußten schon unsere Mütter, daß das Auge mitißt, hab' ich recht?«

Gegen dieses Argument konnte Schmittkort nun beim besten Willen nichts einwenden. Er versprach seiner Frau, die Nudeln zu kaufen und beendete das Gespräch. Der Traktor hinter ihm war längst zu einem kleinen Punkt in seinem Rückspiegel verkümmert.

Auf dem Parkplatz des mittelgroßen Supermarkts, einem der vielen typischen und vom Aussehen her austauschbaren Märkte auf der »Grünen Wiese«, standen vielleicht vierzig bis fünfzig Autos. Schmittkort fuhr auf den Parkplatz und suchte einen Schattenplatz. Doch daran hatten offenkundig auch die anderen Kunden gedacht, und so waren alle entsprechenden Plätze belegt. Schmittkort wollte sich gerade damit abfinden, in der brütenden Hitze parken zu müssen, als er eines dieser grünen Monster mit den vier überdimensionierten Reifen entdeckte. Er wußte nicht, wie sie richtig bezeichnet wurden. Für ihn waren es einfach grüne Monster, die man inzwischen vermehrt auch auf den Feldern sehen konnte. Manchmal bedauerte Schmittkort, daß ihm all sein Wissen aus Kindheitstagen, was solche Dinge betraf, längst gänzlich abhanden gekommen war. Wobei es diese grünen Monster damals vor dreißig Jahren aber auch noch nicht gegeben hatte. Nur ließ ihm seine Arbeit als Vertriebsleiter einer großen Büroartikelfirma eben keine Zeit mehr, sich mit solchen Dingen zu beschäftigen. Manchmal wünschte er sich, diese Zeit zu haben, um dann jedesmal alsbald zu erkennen, daß es doch mehr um die Erinnerung an seine Kindheit, um die Zeit unbeschwerten Daseins ging.

Er parkte genau im Schatten des grünen Monsters, stieg aus und betrat den Supermarkt.

»Hier, bitte.«

»Oh, dankeschön.«

Schmittkort sah die Frau an, die ihn anlächelte. Sie war um die Fünfzig, attraktiv und alles an ihr strahlte Freundlichkeit aus.

Schmittkort nahm die Packung Nudeln aus ihrer Hand, die sie ihm entgegenstreckte. So schnell hatte er sich gar nicht umsehen können, wie die Frau sich gebückt und die Packung aufgehoben hatte, nachdem sie ihm auf den Boden gefallen war.

Er war der Dritte in der Schlange vor dem Automaten in dem Supermarkt, unweit der Kassen. Vom Parkplatz her hatte der Laden irgendwie einen größeren Eindruck gemacht.

»Ach, bitte, gehen Sie doch vor.«

Schmittkort fuhr herum – und schaute direkt in das Gesicht eines älteren Mannes. Seine Augen – Schmittkort tippte auf Rentner – von tiefen Ringen untermalt, glänzten vor Aufregung.

»Aber nein, ich bitte Sie, Sie sind vor mir dran, und ich hab' es nicht eilig.« Er log ganz bewußt, denn insgeheim wollte er so schnell wie möglich zu Hause sein. Jedoch wußte er einerseits, daß die gefährlichsten Zonen in jedem Kaufhaus oder sonstigem Laden die Kassen oder Schalter waren, an denen sich Menschen stauten. Andrerseits steckte ihn die Freundlichkeit der Umstehenden einfach an, es ihnen gleichzutun. Es schien, als hätte die Sonne jede Lust zum Streit verbrannt.

»Das macht nichts. Wissen Sie, ich will es einfach noch ein wenig hinauszögern.«

Schmittkort lachte auf. »Sie meinen, den Gewinn hinauszögern?«

»Ja«, sagte der Mann und schien froh, daß Schmittkort ihn verstand. »Bisher habe ich ja noch nie etwas gewonnen außer Kleinigkeiten, aber schon allein dieses Gefühl ...«

»Nun, das ginge mir wahrscheinlich genauso, wenn ich öfters spielen würde. Aber ich bin zum ersten Mal hier. Ich habe nicht mal gewußt, daß es dieses Glücksspiel hier gibt.«

Die hübsche Blondine an der Kasse hatte ihn darauf aufmerksam gemacht.

»Vielleicht ziehen Sie ja heute den Hauptpreis. Den hat heute nämlich noch keiner gewonnen. Und Sie sehen aus wie ein Gewinner, wenn ich das so sagen darf.«

Schmittkort hatte sie verdutzt angesehen. Und war geschmeichelt. Natürlich hatte er zu diesem Zeitpunkt längst die etwa zehnköpfige Warteschlange vor dem in schreienden Farben gestalteten Automaten wahrgenommen. Ebenso den intensiven Duft nach Frühling, der in der Luft lag, obwohl es Hochsommer war. Also hatte auch in diesen Laden hier die neue Mode Einzug gehalten, mit Duftstoffen zu arbeiten. Amüsiert hatte Schmittkort gelächelt.

»Ja, gut, aber was soll ich an dem Automat? Ich habe ja nicht mal Kleingeld.«

»Das brauchen Sie auch nicht.«

Sie hatte ihm seine Nudelpackung aus der Hand genommen, wobei ihre kühle Haut die seine kurz gestreift und einen angenehmen Schauer in ihm ausgelöst hatte. »Sehen Sie diesen Chip hier?«

»Ja«, hatte Schmittkort geantwortet, dem er zuvor tatsächlich schon aufgefallen war. Kein Wunder, waren doch immerhin geschätzte sechzig Prozent der auslegenden Produkte mit demselben Chip ausgestattet. Nur hatte er einfach keine Lust gehabt, wieder einmal Zeit für eine dieser blödsinnigen Werbeaktionen zu vergeuden.

»Den müssen Sie rausnehmen und in den Automaten werfen. Dann einige Sekunden warten und schon wissen Sie, ob und was Sie gewonnen haben.«

»So! Und was kann ich da – aber, Entschuldigung bitte, ich halte hier ja den ganzen Betrieb auf.«

Ein rascher Blick auf die Wartenden hinter ihm hatte ihm klargemacht, daß dem nicht so war; allesamt blickten ihn mit einem vergnügten Lächeln an.

»Lassen Sie sich ruhig Zeit«, sagte die attraktive Fünfzigjährige zu ihm. »Wir haben sie beim ersten Mal schließlich auch bekommen.«

Eine andere Frau winkte Schmittkort gegenüber beschwichtigend ab. An ihrer Seite stand ein vielleicht zehnjähriger Junge, der in der einen Hand ein Eis hielt und in der anderen mehrere Chips.

»Sie möchten wissen, was Sie gewinnen können?« hatte sich die Kassiererin wieder zu Wort gemeldet, den Kunden in der Warteschlange ein wohlgefälliges Lächeln schenkend.

»Ja. So, wie die Leute da drüben anstehen, muß es sich wohl lohnen.«

»Selbstverständlich lohnt es sich. Aber lassen Sie sich doch einfach überraschen.«

―――――

Der alte Mann bedachte ihn mit einem nachsichtigen Lächeln.
»Sie werden – ach, jetzt ist frei. Kommen Sie, jetzt sind Sie dran.«
»Nun, wenn Sie darauf bestehen. Dankeschön.«
Der Alte machte ihm Platz und sah zu, wie Schmittkort den Chip in den Einwurfschlitz drückte. Zuerst geschah überhaupt nichts. Schmittkort wollte gerade nachsehen, ob er den Chip auch wirklich richtig eingesteckt hatte, als hinter ihm aufgeregtes Getuschel einsetzte.
»Er hat ihn!«
»Meinen Sie?«
»Ich weiß nicht …«
»Klar, Mom, siehste doch.«
»Ach, das ist aber …«
Blitzende Farben und ein aus dem Automaten dröhnender Tusch lenkten Schmittkorts Aufmerksamkeit wieder auf denselben. Der Frühlingsduft hatte eine geradezu betäubende Wirkung erreicht. Nun war Schmittkort doch gespannt darauf, was er gewonnen hatte. Daß es der Hauptpreis war, bestätigten ihm die noch in der Schlange hinter ihm stehenden Leute durch ihr Händeklatschen. Glückwünsche prasselten auf ihn ein. Anscheinend war für die meisten Kunden dieser Automat der eigentliche Grund ihres Kommens. Schmittkort fiel erst jetzt auf, daß die meisten von ihnen nur wenige Artikel in ihren Einkaufskörben liegen hatten. Aber er hatte ja schon immer gesagt, daß die Aussicht auf jeden noch so kleinen und unbedeutenden Gewinn die Menschen alles vergessen ließ. In seiner Branche lief das nicht anders ab. Und die Staatsfinanzen würden noch schlimmer aussehen, gäbe es nicht die Einnahmen aus all den von ihm ins Leben gerufenen Lotterien und sonstigen Glücksspielen.

Eine kräftige Stimme ließ Schmittkort herumfahren.
»So, Sie sind also der heutige Gewinner unseres Hauptpreises. Meinen herzlichen Glückwunsch.«
Dem an den blütenweißen Kittel gehefteten Namensschild konnte Schmittkort entnehmen, daß er den Geschäftsführer namens Walter Pilz vor sich hatte. Pilz war ein kräftig gebauter Mann um die Vierzig mit schwarzen Haaren und Oberlippenbart, der ihm nun seine behaarte Hand entgegenstreckte. Neben ihm stand eine hübsche Assistentin. Schmittkort lächelte verlegen und ließ sich seine Hand schütteln.
»Darf ich Sie um Ihren Namen bitten?«
»Schmittkort.«

»Sie sind nicht von hier, Herr Schmittkort, oder?«
»Nein, aber wo ...?«
»Ihr Dialekt. So etwas höre ich sofort heraus. Aber dann freut es mich um so mehr, denn meistens sind es doch die Einheimischen, die den Hauptpreis gewinnen. Aber klar, die gehören ja auch zu unserer Stammkundschaft. Da trifft es sich wirklich gut für die Werbung, wenn wir auch mal Durchreisende als Gewinner präsentieren können.«
»Ja, sicher, bestimmt –«
»Nun, Herr Schmittkort, dann kommen Sie doch einfach mit in mein Büro und lassen Sie sich von Ihrem Gewinn überraschen. Der wartet dort nämlich bereits auf Sie.«
Ohne einen eventuellen Einwand seitens Schmittkorts abzuwarten, ergriff Pilz' hübsche Assistentin seinen Arm und schob Schmittkort durch die bereitwillig Platz machenden Kunden aus der Warteschlange. Freundliche Blicke begleiteten ihn, aus den Augen der Kassiererin sprach sogar Anerkennung. Einen Moment lang dachte er daran, seine Frau anzurufen und ihr zu sagen, daß er sich wohl ein wenig verspäten würde. Doch so, wie er sie kannte, würde sie natürlich wissen wollen, warum. Sie würde nicht lockerlassen, bis er es ihr schließlich verriet. Dann aber könnte er sie mit dem Gewinn nicht mehr überraschen, und genau dies zu tun, hatte er sich längst vorgenommen. Andererseits würde er sich bis auf die Knochen blamieren, wenn er sodann nur mit einer popeligen Flasche Sekt oder ähnlichem nach Hause kam. Womöglich noch mit einem dieser Chips dran. Nein, es war besser, wenn er erst mal abwartete, mit welch grandiosem Gewinn ihn der Laden hier überraschen wollte.

Schmittkort ließ sich in das helle und angenehm temperierte Büro von Pilz führen. Der freundlichen Kunden und Kassiererin entledigt, hatte sich seine Stimmung schlagartig gedreht. Insgeheim kam ihm die ganze Sache inzwischen absurd vor, erinnerte ihn an ein mittelmäßiges Theaterstück. Trotzdem wäre er sich lächerlich vorgekommen, hätte er sich dagegen gewehrt. Die Welt hatte sich verändert und jeder war bemüht, sich ein möglichst großes Stück vom Kuchen namens Geld und Macht abzuschneiden. Dieses Streben gebar die verrücktesten Ideen und hier in diesem Laden bestand sie eben aus diesem geheimnisvollen Gewinnspiel. Nein, Schmittkort wollte nicht als Spielverderber dastehen. Also setzte er sich auf den angebotenen Stuhl und starrte amüsiert auf seinen Hauptgewinn: eine Flasche Champagner!
»Ich sehe, Sie sind erstaunt, Herr Schmittkort.«

»Nun, ja, ein wenig schon. Ich meine, dieses ganze The... – dieser Aufwand wegen ... wegen ...«

»... wegen einer Flasche Champagner?«

»Ja. Womit ich nicht –«

»Sie täuschen sich, Herr Schmittkort. Der Champagner ist nicht Ihr Hauptgewinn. Den Champagner werden wir jetzt köpfen und miteinander anstoßen.«

Schmittkort war ehrlich überrascht. Er spürte eine gewisse Spannung in sich hochsteigen. War es vielleicht doch etwas Größeres, dieser Preis? Etwas, mit dem er womöglich sogar etwas anfangen konnte?

»Bestimmt fragen Sie sich jetzt, wozu wir diesen ganzen – wie sagten Sie: Aufwand betreiben?«

»Wenn ich ehrlich bin: ja.«

»Im Grunde genommen ist es ganz einfach. Zeigen Sie mir doch bitte mal die Packung Nudeln, die Sie gekauft haben.«

Schmittkort reichte Pilz die Packung.

»Danke. Wie –«

»Was ist mit diesen Nudeln?«

»Wie Sie sehen können, Herr Schmittkort, sind das ganz normale Nudeln, nicht wahr?«

»Ja, sicher. Aber –«

»Ich vermute mal, daß Sie ans Regal gegangen sind, die Packung genommen, sie in den Einkaufswagen gelegt haben und damit an die Kasse gegangen sind.«

»Ja, natürlich, so wie –«

»Haben Sie sich die Packung genauer angesehen?«

»Wie meinen Sie das?«

»Haben Sie gelesen, was auf der Packung alles steht?«

»Nein, wieso? Das mache ...«

»Das machen Sie nie, richtig?«

»Zumindest eher selten. Meine Frau ist da anders. Darum geht sie auch am liebsten allein einkaufen.«

Pilz lachte laut auf, ging jedoch nicht auf diese letzte Bemerkung Schmittkorts ein.

»Aber der Chip ist Ihnen aufgefallen?« fragte er statt dessen.

»Ja, der ist ja nicht zu übersehen.«

»Stimmt. Lassen Sie mich trotzdem nochmals auf die Beschriftung zurückkommen. Hier, bitte, lesen Sie das doch mal ganz genau.«

Pilz reichte Schmittkort die Packung und zeigte mit seinem rechten Zeigefinger auf eine bestimmte Stelle. Schmittkort las: »Dieses

Produkt wurde unter Verwendung gentechnisch veränderter Zutaten hergestellt.«
»Haben Sie das gewußt?«
»Nein«, erwiderte Schmittkort wahrheitsgemäß.
»Sehen Sie, und genau darum geht es. Ich nehme mal an, Sie hätten sich den Kauf zumindest überlegt, wenn Sie es gewußt hätten. Richtig?«
Irgendwie hatte Schmittkort das komische Gefühl, daß es wichtig war, was er jetzt antwortete. Lag es an dem erwartungsvollen Blick von Pilz?
»Ja, schon, aber –«
»Sie hätten also so gehandelt, wie die meisten es tun. Selbstverständlich ist es auch gut, wenn sich der Verbraucher kritisch mit den Produkten auseinandersetzt, die er essen möchte. Aber mit diesen genveränderten Produkten ist das so eine Sache. Sie sind – aber lassen Sie uns nochmals anstoßen, schließlich geht es hier ja um einen Hauptgewinn ... So, ein guter Tropfen, finden Sie nicht auch?«
»Ja, keine –«
»Ist übrigens auch unter Verwendung gentechnischer Zutaten hergestellt worden. Schmecken Sie irgendeinen Unterschied zu normalem Champagner?«
»Nein, so auf –«
»Sehen Sie! Aber die Menschen sind nun mal so, daß sie sich leicht Ängste einjagen lassen von Kreisen, die daran interessiert sind, uns zu schaden. Man könnte dies als modernen Aberglauben bezeichnen. Aberglaube baut schon seit Urzeiten auf die Angst des Menschen vor dem Geheimnisvollen, dem nicht Greifbaren auf. Natürlich könnten wir nun hergehen und versuchen, eine eher defensive Verkaufsstrategie einzuschlagen, um nicht ständig im Mittelpunkt der unberechtigten Kritik zu stehen. Doch die Hersteller dieser Produkte haben sich für einen Mittelweg entschieden: weder zu defensiv noch zu offensiv. Dazu ein paar Fakten: In den USA gibt es seit 1993 die gentechnisch veränderte Tomate. Ein Verkaufsschlager! Und bis heute ist kein einziger Fall bekanntgeworden, daß irgendein Konsument daran erkrankt wäre. Oder, Herr Schmittkort, wußten Sie, daß es bei einer Landoberfläche weltweit von rund 13 Milliarden Hektar gerade mal 1,5 Milliarden Hektar Ackerland gibt? Der Rest ist Wüste, Steppe, Wald, Gebirge, Weideland und anderes Ödland. Na, wußten Sie das?«
»Nein«, gab Schmittkort zu.
»Da staunen Sie, was? Und diese 1,5 Milliarden Hektar werden aber nicht mehr, sondern weniger. Und warum? Weil die nutzbare

Fläche immer mehr verbaut wird. Wir haben bereits über 6 Milliarden Menschen auf unserer kleinen Kugel. Die wollen alle, wie Sie und ich auch, ihr kleines Häuschen im Grünen. Und die wollen vor allem täglich etwas auf ihrem Teller zu essen haben. Ist das so unverständlich, frage ich Sie?«

»Nein, natür –«

»Na, also, sehen Sie, das meine ich mit meinem Vortrag, den ich problemlos in ein Tagesreferat ausdehnen könnte. Aber das möchte ich nicht, schließlich sind Sie hier als der Hauptpreis-Gewinner.«

»Das ist nett ...«

»Natürlich ist das nett von mir. Wir verstehen uns da ganz und gar. Nur noch zwei Punkte zu dem ganzen Thema: Sie werden mir doch sicherlich zustimmen, daß diese ja auch moralische Verpflichtung zur Menschenernährung nur unter Einsatz aller Möglichkeiten machbar ist. Stimmt doch, oder?«

Schmittkort fühlte sich wie erschlagen. War er jetzt auch noch in ein Ratespiel gekommen? Er hatte doch nur eine Packung Nudeln kaufen wollen, um anschließend einen gemütlichen Abend zu Hause mit seiner Frau zu verbringen. Was interessierte ihn da die Welternährungslage? Die konnte er sich doch bei Gott nicht auf seine Schultern laden. Was denn noch alles bei den vielen schlechten Nachrichten, die tagtäglich in unterschiedlichster Form auf einen hereinprasselten?

»Ja, sicher ha –«

»Natürlich habe ich recht. Aber trotzdem gibt es immer noch genug von diesen abergläubischen Sekten, die im Zusammenhang von gentechnisch veränderten oder vielmehr gentechnisch verbesserten Lebensmitteln und, was man ja auch nicht vergessen darf, Medikamenten von unabsehbaren Gefahren für die Menschheit polemisieren. Dabei ist ihr eigentliches Ziel ein ganz anderes: Sie wollen die Menschen dumm halten, sie in ihrem angsterfüllten Aberglauben gefangen halten. Sehen Sie sich die Amerikaner an! Die sind da viel weiter als wir hier in Europa. – Aber gut, so ist es nun mal, das mag man bedauern oder auch nicht. Für uns heißt das einfach, daß wir die Menschen auf anderem Wege von den Vorteilen dieser modernen Lebensmittel überzeugen müssen. Und wie ginge das besser als mit Spielen? Der Mensch spielt schon seit ewigen Zeiten und wird sich das auch niemals abgewöhnen. Deshalb dieses Spiel hier bei uns. Es ist praktisch das Medium für unsere Offenheit und Ehrlichkeit. Mit diesen Chips kennzeichnen wir nämlich alle genveränderten Produkte, auch die, bei denen wir es gar nicht müßten. Und den Erfolg sehen Sie ja selbst. Die Leute reißen sich darum. Das beweist doch eindeu-

tig, daß sämtliche Argumente dagegen an den Haaren herbeigezogen sind. – Aber ich sehe, Sie scheinen etwas müde zu werden?«
»Ja, ein bißchen, ich weiß auch –«
»Ist Ihnen schlecht?«
»Nein, eigentlich nicht, ich meine –«
»Wissen Sie was? Wir haben im Nebenraum eine kleine Pritsche. Da können Sie sich ausruhen, bis Sie wieder fit sind. Wahrscheinlich haben Sie irgendein schlecht gewordenes Naturprodukt gegessen. Aber ich möchte es ja nicht verschreien, alles, was recht ist.«
»Und was ist denn nun eigentlich mein –«
»Keine Sorge, Herr Schmittkort, der läuft Ihnen nicht davon, versprochen. Jetzt kommen Sie erst mal mit. Dagmar, haben Sie schon alles vorbereitet?«

Nachdem Schmittkort ein paar Minuten gelegen hatte, fühlte er sich bereits wieder besser. Der Raum war spartanisch eingerichtet, nur eine Pritsche, ein Tisch mit zwei Stühlen, das war alles. Neonlicht verlieh dem weißgetünchten Raum eine kalte Atmosphäre. Ein Fenster gab es nicht. Trotzdem roch die Luft keineswegs stickig oder abgestanden. Entweder wurde regelmäßig gelüftet, oder aber es gab eine Klimaanlage, die er als solche nicht erkannte. Neben dem Tisch führte eine zweite Tür in einen weiteren Raum.

Als niemand kam, um nach ihm zu sehen, stand Schmittkort schließlich auf. Sollte er in Pilz' Büro zurückgehen? Aber warum? Wenn der es nicht einmal für nötig hielt, sich um ihn zu kümmern, konnte er sich auch das Recht herausnehmen, sich hier ein wenig umzuschauen. Zumal er auch nicht den geringsten Ton hören konnte. War der Raum schallisoliert? Wenn ja: warum? Wenn es sich wirklich um eine Inszenierung handelte, dann hatte sie spätestens jetzt das Niveau eines schmierigen Kitschstücks erreicht. Vielleicht aber steigerte er, Schmittkort, sich aufgrund der Umstände und der gänzlich unerwarteten Unterbrechung seines alltäglichen Trotts nur in etwas hinein. Also hieß es zunächst einmal Ruhe zu bewahren. Womöglich stellte sich sonst am Ende noch heraus, daß alles hier für eine der nächsten Folgen von »Versteckte Kamera« oder wie all diese Sendungen hießen, gefilmt wurde. In diesem Moment ging die Tür neben dem Tisch auf.

»Ach, da sind Sie ja. Schön, sehr schön.«
Vor Schmittkort stand eine junge Frau in einem Arztkittel, der ebenso blütenweiß war wie der von Pilz. Die Frau lächelte ihn an.

»Kommen Sie bitte herein.«
Sie trat beiseite und hielt ihm die Tür auf. Schmittkort zögerte. Er war durcheinander. War hier und jetzt nicht der geeignete Zeitpunkt, das ganze Theater zu beenden? Wie lange wollte er es noch mitspielen? Was mußte noch passieren, bis er sich endlich darauf besann, ein gestandenes Mannsbild zu sein und auf den Tisch zu schlagen?
»Bitte.«
Schmittkort zögerte immer noch. »Eigentlich wollte ich nur meinen Hauptgewinn abholen. Bei Herrn Pilz, dem Geschäftsführer. Aber dann ist mir ein wenig schlecht geworden, und ich mußte mich auf der Pritsche da ausruhen. – Wissen Sie, wo Herr Pilz ist?«
»Herr Pilz kommt auch gleich. Aber bis dahin können wir hier ja schon anfangen.«
»Womit anfangen? Was meinen —«
»Na, mit Ihrem Hauptgewinn.«
»Hier?«
»Ja, sicher, hier.«
Schmittkort hatte nicht die Kraft, sich länger der Liebenswürdigkeit zu widersetzen. Stumm betrat er an ihr vorbei den Raum. Gleißendes Licht empfing ihn. Eine Gruppe weiß und grün gekleideter Männer und Frauen saß um zwei Computerbildschirme und unterhielten sich angeregt. Sie schienen Schmittkort noch nicht wahrgenommen zu haben. Dieser erkannte auf einem der beiden Bildschirme eine Weltkarte. Nacheinander wurden die einzelnen Kontinente mit abwechslungsweise roter und gelber Füllfarbe überdeckt. Schraffierte Linien zeichneten danach die einzelnen Länder ein.
»Programm steht!«
Eine der Frauen aus der Gruppe hatte das gesagt. Während Schmittkort gegen eine neuerliche Welle von Müdigkeit ankämpfte, fiel ihm das hübsche, Freundlichkeit ausstrahlende Gesicht der Frau auf. Diese hatte sich nach ihrer Feststellung ihm zugewandt. Auch die Blicke der anderen richteten sich nun auf ihn.
»Sind Sie bereit?«
Schmittkort starrte sie verdattert an. »Wozu bereit?«
Die Frau schenkte ihm ein nachsichtiges Lächeln. »Bereit für Ihren Hauptgewinn.«
»Ja, schon, aber ...«
»Gut, prima. Dann legen Sie sich doch bitte hierher auf diese Liege. Ja, genau die, Sie sehen richtig.«
Die Müdigkeit machte Schmittkort wehrlos. Er tapste auf die Liege zu. Erstmals hatte er einen Geruch in der Nase, den er kannte. Richtig, Desinfektionsmittel. Wie in einem Krankenhaus.

»Mein ... Hauptgewinn«, murmelte er.

»Den bekommen Sie sofort, keine Angst«, beruhigte ihn die schöne Frau, während einer der Männer behutsam seinen Arm ergriff und Schmittkort in Richtung Liege zog.

»Was ... ist ... mein ... Hauptgewinn?«

»Eine neue Vergangenheit, neue Erinnerungen. Befreit von allen schädlichen Einflüssen, die Sie Entscheidungen treffen läßt, die Sie ohne sie nicht treffen würden.«

Schmittkort verstand nicht sofort, was genau die Frau ihm damit sagen wollte. Der freundliche Mann versuchte, ihn auf die Liege zu drücken. Trotz der Müdigkeit gelang es Schmittkort, ihm zu widerstehen und sich lediglich hinzusetzen. Die Männer und Frauen bildeten nun einen Halbkreis vor ihm. Eine andere Frau hielt eine helmartige Ansammlung von Drähten in den Händen. Schmittkort erahnte ihre Absicht, sie ihm über den Kopf zu stülpen. Da begriff er endlich. Blitzartig durchzuckte ihn die Wahrheit um seinen Hauptgewinn. Er wartete einen Moment, sammelte alle ihm verbliebenen Kräfte – und dann stürmte er los. Erschreckt zerbröselte der Halbkreis. Bevor sie auch nur ansatzweise reagieren konnten, war Schmittkort an der Tür angelangt.

Sie war auf.

Draußen setzte die Dämmerung ein. Neonlichter gingen an.

»Gehen Sie ruhig vor, Fräulein. Ich warte gerne. Das erhöht nämlich die Vorfreude auf den Gewinn. Und Sie haben es bestimmt eilig.«

Schmittkort strahlte die junge Frau an, die offensichtlich angenehm überrascht war ob seiner zuvorkommenden Art.

»Vielen Dank. Aber was machen Sie, wenn ich den Hauptpreis gewinne?«

»Dann freuen wir alle uns ganz riesig für Sie und probieren es beim nächsten Mal wieder.«

»Wen meinen Sie mit: wir?«

»Na, ich und die anderen hinter Ihnen. Wir kommen öfters hierher zum Einkaufen. Schließlich braucht man immer was zum Essen und Trinken. Nicht wahr?«

Die Frauen und Männer hinter der jungen Frau nickten zustimmend und lächelten sie freundlich an.

»Sie wissen, wo Sie den Chip hineintun müssen?«

In eine andere Stadt

Felger liebte seine Leichen. Seine Frauenleichen. Die Anmut ihrer Bewegungen, die Stille ihres Schweigens, die Beständigkeit ihrer Handlungen. Das hier war sein ganz persönliches Leichenhaus, eines, von dem niemand eine Ahnung hatte.

Felger betrachtete nacheinander die Zehenglieder, den Mittelfußknochen, den sich anschließenden Fußwurzelknochen mit Fersenbein, Sprungbein und oberem Sprunggelenk. An dieser Stelle verharrte er. Er durfte nicht hastig werden, wollte sich Zeit lassen. Zumal niemand in den kleinen, engen, von ihm selbst geschaffenen Raum eindringen konnte, in dem es keine Fenster gab. Und das Skelett würde sich früh genug bewegen, sich von ihm entfernen wollen. Felger lächelte, als er sich vorstellte, wie der Fuß über den Fußwurzelknochen bis vor zu den Zehen abrollte, der Spann dabei breiter werdend, um dann irgendwann zu ruhen. In wie viele Männergesäße mochte dieser Fuß bisher wohl getreten sein? Felger war überzeugt davon, daß es einige waren. Weibliche Füße waren zu nichts anderem nutze. Sie wären es gewesen, wenn die Frauen zu Lebzeiten es gewollt hätten. Sie wollten nicht. Es machte ihnen Spaß, Fußtritte gegen Männer auszuteilen. Ob hier oder anderswo. Felger hatte es viel zu oft in den vergangenen zweiunddreißig Jahren erfahren müssen, als daß er sich in dieser Hinsicht noch etwas vormachte. Darum liebte er die Frauenleichen so. Er hatte Frauen immer geliebt, angefangen bei seiner Mutter, die eine gute Frau gewesen war. Immerhin hatte sie es nach der Scheidung von seinem Vater fertiggebracht, das gemeinsame kleine Reihenhaus zu ihrem eigenen zu machen und es zu halten. Für ein Kind war es gut, ein Dach über dem Kopf zu haben. Auch wenn er damals nicht wußte, wo ihm der Kopf stand, nachdem sein Vater seine Sachen gepackt und die Haustür hinter sich zugezogen hatte.

»In eine andere Stadt!« war seine Antwort gewesen, als er ihn fragte, wohin er denn ginge. Und seine Mutter hatte ihn in der Folgezeit so erzogen, daß er nie nach dem Namen dieser anderen Stadt gefragt hatte. Vielleicht hätte er es irgendwann einmal tun sollen. Jedenfalls hatte Felger ihn seit damals nie wieder gesehen. Und seinen ursprünglichen Namen beinahe vergessen: Lachenberger. Felger erinnerte sich daran, wie sie ihn in der Volksschule ausgelacht und aufgezogen hatten, weil er mit dem Wechsel von Lachenberger auf

Felger monatelang nicht zurechtgekommen war. Und mit dem neuen, falschen Vater nie. In Felgers Augen war der nur eine schlechte Kopie des Originals gewesen. Felger lachte, als ihm die zwei Wörter Kopie und Original in den Sinn kamen. Er war sich seiner Neigung bewußt, Menschen sprachlich zu versachlichen. Vielleicht hatte sich so auch seine Vorliebe für Frauenleichen entwickelt. Immerhin half es ihm, so mit den Menschen, besonders aber mit den Frauen klarzukommen.

Er besah sich den äußeren Knöchel und die über ihn hinwegführenden Querbänder der Leiche. Auch die Achillessehne war noch einigermaßen erhalten. Er war stolz darauf, daß er sich bei Frauen so gut auskannte. Ihm konnte keine mehr etwas vormachen, er hatte sie durchschaut. Das war mit ein Grund dafür, daß er hier in der Stadt geblieben war. Es hätte ihm nichts genützt, irgendwo anders hinzugehen. Die Frauen unterschieden sich nicht voneinander. Außer in den Maßen ihrer einzelnen Knochen, Bänder, Sehnen und Muskeln. Und wegen dem einen oder anderen Zentimeter Unterschied lohnte sich der Aufwand eines Umzugs nicht.

Felgers Blick passierte die Unterschenkel mit dem kurzen und langen Wadenbeinmuskel, dem langen Zehenstrecker, dem Waden- und Schienbein, dem vorderen Schienbeinmuskel und dem Kopf des Wadenbeins. Den Zwillingswadenmuskel übersah er und landete schließlich beim Kniegelenk. Felger hielt sich nicht lange dabei auf, wunderte sich lediglich über die verhältnismäßig kleine Kniescheibe (aber irgendeine Überraschung hatte ja jede Frau auf Lager), forschte weiter über die verschiedenen Schenkelmuskeln, nahm mit einem anerkennenden Lächeln das auffällig gerade Oberschenkelbein zur Kenntnis und endete am Hüftgelenk. »Laß dir Zeit, Felger!« dachte er, ohne seinen Blick von der Leiche zu nehmen. Er konnte sich so gut vorstellen, wie geschmeidig diese Frau zu Lebzeiten gegangen sein mußte. Wie elegant sie einen Fuß vor den anderen setzte, während sie durch die Fußgängerzone wandelte. Felger konnte sich nicht erinnern, sie jemals dort gesehen zu haben, obwohl er einen Großteil seiner freien Zeit dort verbrachte. Es war nicht wichtig. Er hätte sie sowieso nie angesprochen. In seinen Augen war es nicht gut, Frauen anzusprechen. Es war, als ob man in einem Kartenspiel freiwillig den Joker aus der Hand gab. Sobald ein Mann eine Frau ansprach, machte er sich von ihr abhängig. So wie sich sein richtiger Vater von der jetzigen Frau Felger abhängig gemacht hatte. Felger gefiel es, in seinen Gedanken seine Mutter stets als die »jetzige Frau Felger« zu bezeichnen. Nein, seine Mutter war keine gute Frau gewesen, sein Vater andererseits selbst schuld. Er hätte sie nicht anreden dürfen. Das Heiraten danach war im Vergleich dazu ein kleiner Fehler, einer von der Sorte Fehler, die jedem Mann mal unterliefen. Besonders, wenn es um Frauen ging.

Felger zog seine kräftigen Schultern ein wenig ein. Nach dem tagelangen Regen hatte sich die Nachtluft noch nicht soweit erholt, daß es auch um diese Zeit, zwei Stunden nach Mitternacht, noch angenehm mild war. Die Folge davon war Kühle, die in den kleinen Raum eindrang. Felger tröstete sich damit, daß die Leiche vor ihm noch mehr fror. Nein, es war nicht gut, wenn ein Mann eine Frau ansprach. Vor allem dann, wenn es eine schöne Frau war. Diese wußten, daß Männer sie ansprechen würden, daß sie sich dessentwegen kein Bein ausreißen mußten, es regelmäßig genügte, solches nur zu zeigen. Felger sprach aus Erfahrung. Jede Scheidung bedeutete, erfahrener zu werden, wenn es um Frauen ging. Besonders dann, wenn man diese Scheidung bereits mit vier Jahren erlebt. Nur war er nie aus der Stadt weggezogen wie sein Vater. Irgendwie machte Felger das stolz. Das Warum konnte er nicht genau erklären, so wie er vieles nicht erklären konnte, obgleich er einen IQ von knapp über hundertzwanzig hatte. Seine damalige Mutter und jetzige Frau Felger hatte auf der Ermittlung desselben bestanden, nachdem er sich damals fortwährend komisch benommen hatte. Trotz dieses guten Ergebnisses war er mit dieser Sache nie zurechtgekommen. Dafür verstand er heute, daß seine Unfähigkeit Frau Felger damals verwirrt hatte.

Felger musterte das Schambein mit der angrenzenden Beckenschaufel. Er hatte Schwierigkeiten, sich die Scham der mit Sicherheit noch keine dreißig Jahre alten Frau vorzustellen. Dabei wußte er ganz genau, wie sie auszusehen hatte. Es war besser, wenn er sich nicht länger damit beschäftigte, weil es genauso schlecht war, wie wenn er eine Frau ansprach. Er wußte aus Erfahrung, daß er nur zu warten brauchte. Irgendwann versuchten sie alle, mit ihm ins Gespräch zu kommen. Die Frauen ertrugen es einfach nicht, wenn sie zu lange ignoriert wurden. Besonders die Schwarzgekleideten. Sie schienen geradezu danach zu schreien, von ihm seziert zu werden. Und immer mehr Frauen trugen Schwarz, ohne in Trauer zu sein. Nur, wenn Felger sich die Leiche vor ihm anschaute, in das leere Innere ihres Oberkörpers, dann konnte er sich gut vorstellen, daß es eine andere Art Traurigkeit war, die sie mit sich herumschleppten.

Über den großen und trotzdem kaum wahrnehmbaren Gesäßmuskel hinweg ließ Felger seinen Blick nun zur Unter-, Mittel- und Oberbauchgegend schweifen. Soweit er es von seinem Standpunkt aus überhaupt beurteilen konnte, schien er glatt und fest zu sein. »Es ist gut«, dachte Felger, »daß es die Vergangenheit gibt.« Vorzugsweise, wenn man mit der Gegenwart nicht soviel zu tun haben möchte und die Zukunft gerne überspringen würde. Felger war sich keineswegs sicher, ob er die Zukunft überspringen wollte, bedeutete das doch zwangsläufig den Tod. Felger wußte ebenfalls nicht mit letzter Sicherheit zu sagen, ob er sterben wollte. Immerhin hatte er sich in seinem Leben recht gut eingeordnet. Seine Arbeit als Fahrer in einer kleinen Spedition machte ihm Spaß, weil er dabei die meiste Zeit über allein sein konnte. Mit den Frauen und Männern in der Firma kam er klar, wenngleich weder die einen noch die anderen begierig den Kontakt mit ihm suchten. Von seinen Neigungen und Vorlieben ahnte keiner etwas. Felger sah das nüchtern. Er wußte, daß er eine beständige Gratwanderung vollbrachte. Der Umgang mit seinen Kollegen beruhte einzig und allein auf der Sprache. Und auch da bemühte er sich stets, es auf ein Minimum zu begrenzen. Wie es um die anderen Dinge stand, interessierte ihn nicht, hatte niemanden zu interessieren oder, wie es sein falscher Vater stets ausgedrückt hatte, wenn er seine kindliche Fragerei abwürgen wollte: »Wie es in der Unterhose aussieht, geht keinen was an! – Auch dich nicht!«

Felger stellte sich vor, wie sich die Haut der Frau um die Nabelgegend herum bewegte, wenn sie mit ihren eleganten Schritten durch die Stadt wandelte. Ansonsten interessierte er sich nicht für die Haut. Sie war ihm zu sehr Hülle und Tarnkappe für all die blutigen, knöchernen und teilweise stinkenden Innereien darunter. Felger wollte sich nicht mehr davon täuschen lassen. Er beachtete sie nicht, um sich alleine auf die Häßlichkeit konzentrieren zu können, die sich darunter verbarg. Ja, er wollte diese Häßlichkeit sehen, er brauchte den Anblick dieser Häßlichkeit, um seine Abneigung dagegen vor sich selbst rechtfertigen zu können. Manchmal fragte Felger sich, wie sein Stiefvater mit der Haut der jetzigen Frau Felger zurechtkam. Hatte er die Haut bereits durchschaut? Gleichwohl stellte er diese Überlegung nicht an, weil er sich etwa Sorgen um ihn machte, sondern weil es eine für ihn äußerst wichtige Frage betraf: Wie durchschaue ich eine Frau? Die Begriffe Durchschauen und Begreifen im selben Zusammenhang zu sehen weigerte sich Felger. In seinen Ohren klang Durchschauen weitaus ungünstiger als Begreifen. Er wollte Frauen nicht begreifen.

Dies zu tun hatte er in seiner Kindheit fortwährend erfolglos versucht. Seine Mutter hatte ihm stets nur ihre Haut gezeigt. Sie hatte eine schöne, feine, zarte Haut gehabt, an die sich zu schmiegen ihm bis zur Scheidung ungeheuer Spaß gemacht hatte. Felger war einfach zu müde, um länger die Arbeit des Begreifens auf sich nehmen zu können und zu wollen. So wie er damit umging, war es in Ordnung. Ihm tat es nicht weh und den Leichen ebensowenig. Nicht zuletzt deshalb war er in das Herz dieser Stadt gezogen. Hier konnte er sich seine Leichen aussuchen, ohne Gefahr zu laufen, dabei gestört zu werden.

Felger kam bei den Brüsten an beziehungsweise den Stellen, wo sie hätten sein müssen. Vielleicht sollte er so langsam nach Hause gehen. Fühlte er sich sonst überaus wohl in dieser Umgebung, wurden seine Finger nun allmählich klamm. Auch die Leiche hatte ihre Hände zu Fäusten geballt, während Unter- und Oberarme einen kleinen Winkel bildeten, so als wollte sie diese gerade vor ihrer Brust verschränken. Ob es wohl große Brüste waren? Wie würden sie sich anfühlen, wie hatten sie sich angefühlt? Vergangenheit ist eine gute Sache, dachte er.

Felger erkannte, daß die Frau Schwierigkeiten mit ihrer Wirbelsäule hatte. Im Bereich der Brustwirbel. Hatte sie übergroße Brüste, deren Gewicht ihren Oberkörper nach vorne zog mit der entsprechenden Belastung für die Wirbelsäule? Felger erinnerte sich an die Wirbelsäule seiner Mutter. Es hatte ihnen beiden immer Spaß gemacht, wenn er nach dem Baden von unten bis oben ihre Wirbel abzählte. Sie hatte es genossen wie er selbst und unter dem Vorwand, er habe sich verzählt, mehr als einmal aufgefordert, noch einmal von vorne zu beginnen. Stets war er dem bereitwillig nachgekommen, obschon sicher, daß er richtig gezählt hatte.

Felger kümmerte sich nicht weiter um den Hals der Leiche. Von draußen näherte sich Motorengeräusch. Ein kräftiger Motor. Mit einem Mal hatte er es eilig. Er starrte auf den Kopf der Frau. Wie gleich sich die Menschen doch waren, wenn erst einmal der ganze Tand um ihre Knochen und Innereien verschwunden war! Wenigstens lächelten sie dann alle. Für Felger war es ein Lächeln, kein Grinsen, von dem in den alten Piratengeschichten immer geschrieben stand. Warum sollten sie nicht lächeln, wenn der Tod sie vom Leben endlich erlöst hatte? Trotzdem war Felger sich nicht sicher, ob er die Zukunft überspringen wollte. Die Leichen würden ihm fehlen. Wenn er sicher sein könnte, daß er auch nach der Zukunft die Frauen weiterhin erkunden konnte, wäre es etwas anderes. Aber so! Felger haßte jegliche Art von Ungewißheit. Sie war ein prägendes Element seiner Kindheit gewesen. Vielleicht war sein Vater auch deshalb weggegangen, weil er ahnte, was auf ihn, seinen Sohn alles zukommen würde. Nicht nur die Namensänderung. »Das wäre vermutlich einfach gewesen. Es ist besser, wenn ich nicht weiter darüber nachdenke«, dachte Felger. Er schaute auf den Mund der Leiche. Was hatte dieser Mund wohl schon alles von sich gegeben? Wie viele Worte der Zuneigung und Liebe oder solche, die sie dafür hielt? Oder tödliche Beleidigungen ausgestoßen und Männer auf einen Streich damit vernichtet. Frauen konnten das. Wieso, das wußte Felger nicht. Lag es an den Genen? Oder gebar es ihre Launenhaftigkeit, ihr Wankelmut? Wahrscheinlich würde er es nie erfahren. Dazu müßte er sein Leben ändern, etwas, das Felger sich nicht einmal vorstellen wollte. Andere hatten viel mehr Schwierigkeiten in und mit ihrem Leben zu bewältigen als er. Gut, er machte sich nichts vor: Er war anders als die anderen. Aber wenigstens kam er mit seinem Leben zurecht. Wie viele konnten das schon von sich selbst behaupten?

Das Motorengeräusch kam immer näher. Felger schaute der Leiche in die Augen. Sie waren umkränzt von dunklen Haaren. Das Dunkel störte Felger, hatte er sich doch die ganze Zeit über bereits eingebildet, die Frau von irgendwoher zu kennen. Aber diese Frau hatte blonde Haare gehabt. Bei dem schlechten Licht konnte Felger die Farbe nicht genau bestimmen. Wenn er sich nicht täuschte, arbeitete sie in einer Boutique oder in einem Café. Er kam nicht darauf. »Es ist nicht wichtig«, dachte er. »Jetzt nicht und morgen nicht. Es wird niemals so wichtig für mich sein, daß ich es herausfinden möchte.« Dafür sah er nun um so deutlicher, daß diese Augen weinten. Felger fühlte, wie sich in seinem Hals ein Kloß bildete. »Ich muß gehen«, dachte er. »Ich will keine Klöße im Hals mehr.«

In diesem Moment kam der Bus an die Haltestelle gefahren. Es war der letzte in dieser Nacht. Die Frau warf ihm noch einen schnellen Blick zu, bevor sie einstieg. Es war ihr sichtlich anzusehen, daß sie erleichtert war wegzukommen. Sie war der einzige Fahrgast.

Nachdem der Bus weg war, stand Felger auf. Seine Leiche war weg. Sie war eine schöne Leiche gewesen. Bis sie sich bewegt hatte. Seine Leichen waren nur schön, wenn sie sich nicht bewegten. Felger mochte Bewegung nicht. Sie war mit soviel Risiko verbunden. Warum sollte er ein Risiko eingehen, wo er doch mit seinem Leben gut zurechtkam? Es tat ihm nicht leid um die Leiche. Sie war so gut und so schlecht wie jede andere auch. Diese Stadt hatte ihm noch viele Leichen zu bieten, an denen er seine Erkundungen fortsetzen konnte. Und irgendwann würden sie sich tatsächlich nicht mehr bewegen.

Kaugummi für eine Leiche

Goltermann sah die Brücke vor sich auftauchen. Klein und unscheinbar, eine einfache Brücke eben, bedeutete sie ihm den Übergang in eine Welt der Erinnerung, die ihm bisher fremd gewesen war. Wie oft hatten er und Laura diese Brücke in den zwölf Jahren Ehe gemeinsam überquert. Über sie kam man in die stark frequentierten städtischen Grünanlagen, einem Paradies für Jogger, Spaziergänger, Hundebesitzer, Liebespaare und andere Frischluftgenießer.

»Nein, lieber ein Eis!« hörte Goltermann eine junge Stimme hinter sich. Er drehte sich um und erkannte zwei junge Frauen, die sich ihm, sommerlich leichtbekleidet, auf ihren Rädern näherten.

»Also gut«, erklärte sich die andere einverstanden, ihm einen beiläufigen Blick zuwerfend, dann waren sie auch schon an ihm vorbei. Statt nach links in Richtung Anlagen abzubiegen, blieben sie auf dem Radweg, der rechts weg ins Stadtzentrum führte. Goltermann konnte sich gut vorstellen, wie die beiden Hübschen sich in eines der zahlreichen Straßencafès setzten, ihre wohlgeformten Beine übereinanderschlugen, und, während sie das Eis genossen, spitzbübisch lächelnd die bewundernden Männerblicke genossen. Die Beiläufigkeit im Blick der Dunkelhaarigen hatte Goltermann einen Stich versetzt. Jetzt, wo er allein war, spürte er solche Blicke viel intensiver. Mit Laura war es schön gewesen, auch wenn sie ihn mit ihrer Eifersucht schon ab und an ein wenig genervt hatte.

Kaum daß er die Brücke betreten hatte, erkannte Goltermann an ihrem anderen Ende die Steintreppe, die rechts weg zum Flußufer hinunterführte. Dort war von der Stadt ebenfalls ein gut frequentierter Spazierweg entlang des Wasserlaufs angelegt worden.

Die Treppe.

»Ich geh' dann jetzt einkaufen«, hatte Laura ihm zugerufen und gefragt, ob er nicht doch mitkommen wolle. »Nein, nein, lieber nicht«, hatte er geantwortet und sich wieder seiner Arbeit zugewandt. Eher beiläufig hatte er ihren gewohnten Abschiedskuß erwidert, den sie ihm gleich darauf auf die Lippen gedrückt hatte. Mit den Jahren konnten sich auch Küsse abnützen. Von den Lippen erst gar nicht zu reden, die die immer gleichen Bekenntnisse der Zuneigung formten, die längst zu unsichtbaren Luftverwirbelungen verkommen waren.

Doch nun war es anders. Goltermann fühlte einen Stich in seinem

Herz. Plötzlich sehnte er sich nach einer solchen Luftverwirbelung. Er würde sie nicht mehr verspüren. Nicht mehr mit Laura. Dazu war die Treppe ins Erdgeschoß zu steil und zu hart gewesen. Zu steil und zu hart für Lauras Genick. Goltermann hörte auch jetzt noch genau ihren unterdrückten, wie aus einer großen Überraschung heraus geborenen Schrei, bevor sie nach unten stürzte. Beinahe im selben Augenblick war er am Fuß der Treppe bei ihr gewesen, so schnell wie noch nie und doch nicht schnell genug. Er hatte kein Arzt sein müssen, um zu erkennen, daß die Zeit der Luftverwirbelungen ein für allemal vorbei war.

Goltermann beschleunigte seinen Schritt, kam auf der Brückenmitte an, wo er stehenblieb. Unter ihm schimmerte die glatte Oberfläche des Wassers. Sekundenlang vermeinte er gar, sein Spiegelbild darin zu erkennen, bis er begriff, daß er sich getäuscht hatte. Eine weitere von nicht gerade wenigen Täuschungen in seinem Leben, denen er erlegen war. Oder waren es Enttäuschungen? »Nein, nein, das stimmt nicht«, flüsterte Goltermann. Natürlich hatte auch er sich hin und wieder vorgestellt, wie es wäre, allein durchs Leben gehen zu müssen, ohne Laura. Wer in einer Beziehung Stehender war vor solchen Gedanken gefeit? Schlußendlich waren es freilich nur Wunschbilder und somit weitere Geschwister der Täuschungen und Enttäuschungen.

Autos fuhren an Goltermann vorbei, der immer noch auf das Wasser hinunterstarrte. Der Anblick des ruhig dahinfließenden Wassers übte einen Sog auf ihn aus, schien ihn, Goltermann, in diese tiefe Ruhe hineinziehen zu wollen. Goltermann mußte alle Kraft zusammennehmen, um sich diesem Sog entziehen zu können. Mühsam stemmte er sich von dem Eisengeländer ab und setzte seinen Weg fort. Schade, daß die Radfahrerin ihn so angeschaut hatte. Es hätte ihm gutgetan, wäre die Beiläufigkeit in ihrem Blick durch verstecktes Interesse ersetzt gewesen. Von seinem Alter her bräuchte das kein Hindernis zu sein.

»Du sieht doch immer noch frisch und knackig aus«, hatte Laura ihm oft genug versichert. »Du bist mein Traummann.« Sie hatte es ehrlich gemeint. Und dabei nicht begriffen, daß auch Traummänner manchmal Abenteurer sein wollen. Natürlich gelang es nahezu jedem Mann hin und wieder, sich im Kreise seiner Kollegen und Kumpels als ein solcher Abenteurer darzustellen. Doch letztendlich wußte jeder von ihnen, daß der größte Teil dieser Geschichten tatsächlich Geschichten waren, also ebenfalls nur Geschwister der Täuschungen.

Bereits dem Ende der Brücke sich nähernd, überlegte Goltermann, welchen Weg er einschlagen sollte: Grünanlagen, Uferweg, Innenstadt? Vielleicht begegneten ihm die beiden Frauen nochmals. Wer wußte das schon? In einer Welt der Täuschungen ist alles möglich. Er brauchte sich ja nicht gleich zu weit aus dem Fenster lehnen, sondern sich einfach nur zeigen.

An seinem rechten Schuh spürte er ein Ziehen. Goltermann blickte nach unten, hob seinen Schuh an und erkannte den dicken langen Faden eines Kaugummis, der an seiner Sohle klebte. Ein Gefühl des Ekels überkam ihn, als er sich nicht sofort löste. Energisch streifte Goltermann seine Sohle auf dem heißen Pflaster hin und her. Trotzdem dauerte es einige Sekunden, bis sich der Faden endlich löste. Goltermann entschied sich für die Innenstadt und ging weiter. Immer noch spürte er ein leichtes Ziehen an seinem rechten Schuh. Der Ekel wuchs. Wenn das Ziehen blieb, würde er die Schuhe wegwerfen. Das würde einfach sein. Viel einfacher, als die Erinnerung an Lauras Sturz auszulöschen. Und an den Stoß, den er ihr versetzt hatte, bevor sie die Treppe hinuntergestürzt war.

Ausreichend

Sie war eine unscheinbare junge Frau. Nicht groß, nicht klein; nicht dick, nicht dünn; ihre Augen dunkel; das braune Haar schulterlang, die Frisur ohne besondere Raffinesse; der Mund mit Lippen, die weder wulstig noch fein; ihr Körper interessant, ohne den Atem zu rauben; gekonnt geschminkt, nicht auffällig; fröhlich gekleidet, ohne den aktuellen Trends nachzuhecheln; die Tiefe ihrer Gedanken unterschied sich nicht von der sechs Milliarden anderer Menschen; ihre Freude und Hoffnungen, Ängste und Sorgen waren dieselben wie die ihrer Freunde. Sie war durchschnittlich vom Scheitel bis zur Sohle.

Ihrem Mörder reichte das.

Die gestohlene Stimme

»Na, du Murmeltier, bist du endlich wach?« fragte Onkel Robert und lachte dabei. »Du hast so fest geschlafen, daß deine Mama und dein Papa allein in die Stadt gefahren sind. Sie wollten dich nicht wecken.«

Benni nickte verschlafen und rieb sich mit seinen Handrücken die Augen. Er hatte einen bösen Traum gehabt. Sein Onkel drehte sich nun ganz zu ihm um und winkte ihn zu sich her.

»Komm her, Benni, du darfst auch mal was draufsprechen«, sagte Onkel Robert und hielt dem Vierjährigen das Diktiergerät vor den Mund.

»Ich will nicht«, preßte Benni unter zusammengekniffenen Lippen hervor. Irgend etwas machte ihm Angst dabei. Er begriff nicht, was sein Onkel mit den Stimmen anderer Menschen anstellte. Sein Vater hatte es ihm gestern auf ihrer Fahrt hierher zwar zu erklären versucht, aber Benni hatte es trotzdem nicht begriffen. Oder nur soviel, daß sein Onkel, den er an diesem Wochenende zum ersten Mal sah, immer und überall ein Gerät dabei hatte, mit dem er die Stimmen aller möglichen Menschen aufnahm.

Zaghaft einen Schritt zurückweichend, beobachtete er seinen Onkel mißtrauisch. Der war ein großer, schwerer Mann mit einer dröhnenden Stimme und einem ebenso dröhnenden Lachen, das den ganzen Tag über aus der Höhle unterhalb seines riesigen schwarzen Schnauzers drang. Er war so groß, daß sein Rücken die warme Morgensonne hier auf dem Balkon verdeckte und einen Schatten warf, der Benni frieren ließ.

»Warum nicht?« fragte sein Onkel und lachte dabei. Benni schwieg.

»Ist mein kleiner Benni vielleicht ein Angsthase?«

Mit immer noch zusammengepreßten Lippen schüttelte Benni stumm, aber energisch seinen Kopf mit dem blonden Wuschelhaar. Warum meinten Erwachsene stets, daß Kinder Angsthasen waren, wenn sie etwas nicht tun wollten, das die Erwachsenen von ihnen erwarteten? Wenn seine Mutter oder sein Vater mal nicht wollten, sagte auch niemand, daß sie Angsthasen seien.

»Na ja, ich geh' dann mal wieder rein und arbeite weiter. Du kannst hier auf dem Balkon bleiben oder raus in den Garten gehen. Aber wenn du hierbleibst, gehst du bitte nicht zu weit vor. Das Geländer kommt erst heute mittag wieder hin, wenn es gestrichen ist. Hast du mich verstanden?«

Benni nickte erleichtert über die Erlaubnis zu gehen, drehte sich um und huschte die Treppe hinunter ins Wohnzimmer, von wo aus er in den Garten hinausstürmte. Es war ein großer Garten mit viel saftigem grünen Rasen und mächtigen Kastanienbäumen, umgeben von einer hohen, dichtbewachsenen Mauer, die jedem den Blick von draußen auf das Grundstück verwehrten. Eigentlich hätte es Benni hier gut gefallen. Wenn es Onkel Robert nicht und statt ihm andere Kinder gegeben hätte. Jetzt, wo er seinem Onkel zum ersten Mal begegnet war, begriff Benni erst recht nicht, warum seine Eltern diesen unbedingt hatten besuchen wollen.

Als Benni, am Rande der Steinterrasse direkt unter dem Balkon stehend, so daß die herrlich warme Morgensonne genau in sein Gesicht schien, hinter sich die leisen, seltsam hellen Stimmen seiner Eltern hörte, drehte er sich erfreut um. Doch da war niemand. Wie war das möglich, wo er doch ihre Stimmen klar und deutlich hören konnte? Ihr Zimmer lag im oberen Stock, neben seinem eigenen (eigentlich hätte er lieber bei seinen Eltern geschlafen, aber schließlich war er ein großer Junge und zu Hause hatte er auch sein eigenes Zimmer). Beunruhigt schlich Benni ins Haus zurück. Die Stimmen wurden deutlicher.

»Ach, Robert, du mit deinen Stimmen! Verfolgen die –«

Es war seine Mama, die das gesagt hatte. Ihre Stimme hätte Benni unter allen Stimmen der ganzen Welt erkannt. Aber warum hatte sie plötzlich aufgehört zu reden?

»Ach, Robert, du mit deinen Stimmen! Verfolgen die dich nicht schon in deinen Träumen?«

»Bestimmt«, sagte Bennis Vater und lachte dazu. Benni war beruhigt. Also waren seine Eltern bei Onkel Robert und unterhielten sich mit ihm. Mit großen Schritten eilte er zum Zimmer seines Onkels, in dem er noch nie zuvor gewesen war. Die schwere Tür war nur angelehnt. Benni drückte sie auf – und blieb wie angewurzelt auf der Schwelle stehen. Seine Eltern waren nicht da!

»Ach, Robert, du mit deinen Stimmen! Verfolgen die dich nicht schon in deinen Träumen?«

»Bestimmt«, sagte Bennis Vater erneut und lachte wieder dazu.

»Was ist los, Benni?« fragte Onkel Robert, drückte auf die Pause-Taste seines Diktiergerätes und musterte den Jungen mit erstauntem Blick. Als er sah, wie der Bub auf das Diktiergerät starrte, begriff er und entließ ein fröhliches Lachen aus seinem mächtigen Brustkorb. Benni dröhnte es in den Ohren. Er machte auf dem Absatz kehrt und stürmte hoch in das elterliche Schlafzimmer. Ohne anzuklopfen, stieß er die Tür auf. Seine Eltern waren nicht da, ihre Betten unbenutzt.

»Mami! Papa!« schrie er nach ihnen, ohne eine Reaktion zu bekommen. Eine weitere Tür führte ins Bad, doch als Benni sie Sekunden später aufriß, war auch das leer. Wo waren seine Mama und sein Papa? Was war mit ihnen geschehen? Von unten dröhnte die Stimme seines Onkels zu ihm hoch.

»Was ist los, Benni? Warte, ich komme hoch zu dir.«

Und da begriff Benni, was passiert war. Begriff, daß Onkel Robert seinen Eltern die Stimmen gestohlen hatten. Und nachdem er diese in seinem kleinen Kasten gefangen hatte, hatte er die Körper einfach weggeworfen, weil er sie nicht brauchte, weil er mit diesen nichts anfangen konnte. Von unten hörte Benni die schweren Schritte seines Onkels die Treppe hochkommen. Er zitterte, denn ihm war klar, daß er jetzt kam, um auch seine Stimme zu stehlen und danach mit ihm dasselbe zu machen wie mit seinen Eltern. Hastig drehte Benni sich um. Der Onkel war bereits so nahe, daß er ihn im nächsten Augenblick sehen würde. Also mußte er sich im Zimmer seiner Eltern verstecken. Aber wo?

»Wo bist du, Benni?« fragte der Onkel, und Benni hörte deutlich, wie sich diese Stimme bemühte, freundlich zu klingen. »Na, du willst doch nicht etwa Verstecken mit mir spielen. Mit einem alten Mann, der kaum noch gehen kann.«

Wieder lachte die Stimme, und in Bennis Ohren klang dieses Lachen sehr, sehr gefährlich.

Als Onkel Robert das Zimmer betrat, konnte er den Buben nirgends sehen. »Na, du bist mir vielleicht ein Schlingel. Aber warte, ich werde dich schon finden.«

Er tat so, als suchte er besonders eifrig nach Benni, hütete sich jedoch, unter das Bett zu sehen, unter dem der Bub sich versteckt hatte, was ihm ein Schatten auf dem Boden verriet. Nach ein paar Minuten ging er zu der Glastür, die zu dem Balkon führte, auf dem er noch vor kurzem mit dem Buben gestanden hatte. Er trat hinaus und genoß die Sonne. Der Bub würde sich beruhigen; er mußte ihm nur Zeit lassen.

Was sollte er tun? Benni suchte krampfhaft nach einem Ausweg. Tränen rannen über sein Gesicht. Immer mehr steigerte er sich in die Angst der Vorstellung hinein, was der Onkel mit ihm machen würde, sobald er erst einmal seine Stimme in diesem Kasten hatte. War so ein Kasten nicht überhaupt auch in seinem Traum vorgekommen?

Unter seinem Bett hervor erkannte Benni den mächtigen Rücken des Onkels auf dem ungesicherten Balkon. Und da hatte er die entscheidende Idee. Vorsichtig schlüpfte er unter dem Bett hervor und dann ging alles rasend schnell. Der Onkel brüllte wütend auf, als Benni ihm einen kräftigen Stoß versetzte und der Länge des Schreis nach dauerte es ihn Bennis Ohren ewig, bis er unten auf der Steinterrasse aufprallte und verstummte. Es dauerte Minuten, bis Benni sich getraute, wachsam nach unten zu schauen. Der mächtige Körper des Onkels lag regungslos da. Benni setzte sich an den Rand des Balkons, ließ seine Beine baumeln und den Onkel nicht aus den Augen. Und als er wenig später ein Auto auf den Hof fahren und gleich darauf seine Mama und seinen Papa schreien hörte, wußte er, daß auch diese Schreie aus dem Kasten des Onkels kamen, in dem er die gestohlenen Stimmen fing.

Rohmings Blick in den Spucknapf

Er traf genau in den Spucknapf. Zufrieden wandte Rohming sich wieder seinem Bier zu. Doch sein Blick blieb hart und verbittert.

»Das Wasser kam immer näher auf mein Haus zu«, setzte er seine Erzählung fort, ohne auf sein Gegenüber zu achten, eine hübsche junge Frau mit brauner Kurzhaarfrisur und einem kleinen Leberfleck über der linken Augenbraue. »Alex meinte, daß wir noch mehr Sand vor dem Haus aufschütten sollten. Er hatte recht. Nur gab es kaum mehr Sand. Mit einem Blick rüber zu den Kettlers erkannte ich, daß sie ebenfalls nicht gewillt waren, ihren Hof freiwillig zu verlassen.«

»Was ist mit ihnen passiert?« Die Frau hatte eine weiche Stimme mit einem leicht dunklen Klang. Irgendwie paßte sie nicht zu dem frechen Kurzhaarschnitt. Vielleicht machte sie aber auch genau diese Unstimmigkeit für Männer reizvoll. Für andere Männer.

»Sie wurden gerettet«, sagte Rohming. »Heute leben sie wieder auf ihrem Hof. Mußten ihn praktisch von Grund auf neu aufbauen. Zu ihrem Glück hatten sie die Hälfte ihres Viehbestands noch rechtzeitig in Sicherheit bringen können.«

Rohming legte eine Pause ein, während der er seinen Blick aus den eisgrauen Augen in die Runde schweifen ließ. Es schien, als kämpfte er mit sich darum, ob er aufstehen und einfach gehen sollte, oder ob er doch bleiben und der Frau Antworten auf ihre Fragen geben sollte, die zu stellen er sie nicht gebeten hatte. Er war gerade mit seinem gemischten Braten fertig geworden, als ihr Schatten seinen Teller verdunkelt hatte. Fünf Minuten später hatte er gewußt, daß sie ein Buch über alte Menschen und ihre Erinnerungen schrieb. »Ihre wichtigste Erinnerung«, hatte sie hinzugefügt. »Ein Mensch – eine Erinnerung« – so sollte der Titel ihres Buchs heißen. Rohming hatte sie unwillig angeschaut. Er mochte es nicht, wenn man ihn vor, während oder unmittelbar nach dem Essen störte. Da zündete er sich seit jeher seine Pfeife mit dem zerbissenen Mundstück an, lehnte sich in seinen Stuhl zurück und hing seinen Gedanken nach. Doch heute hatte er schließlich eine Ausnahme gemacht. Die Frau war hübsch und schien es ernst zu meinen. Mit achzig Jahren wußte man, daß es nicht viele Frauen gab, die hübsch waren *und* es ernst meinten.

»Und Sie?«

»Alex drängte darauf, daß wir die meisten Sachen nach oben brachten. ›Es reicht, daß bei mir alles abgesoffen ist‹, sagte er. Ich schwieg dazu.«

»Warum …?«

»Warum?« wiederholte er ihre Frage und warf ihr einen verständnislosen Blick zu. »Weil man einem Mann, dem soeben alles den Bach runtergegangen ist, nichts zu sagen hat.«

»Nein, das meinte ich nicht.«

»Sondern?« fragte Rohming mißtrauisch.

»Warum war er zu Ihnen gekommen?«

»Nachdem sein Haus vom Wasser geschluckt worden war, hatte Alex sich schnurstracks auf den Weg zu mir gemacht, um mir zu helfen. Nach dem Tod unserer Frauen hatten wir ja nur noch uns. Die Kinder zählen nicht. Die sind schon lange außer Haus. – Haben Sie Kinder?«

»Nein.«

»Lassen Sie's dabei bewenden. Sie erleben nur Enttäuschungen.«

»Sie scheinen nicht viel von Ihren Kindern zu halten.«

»Von Kindern schon. Nicht aber von erwachsenen Kindern. Die vergessen, daß sie mal Kinder waren und ohne ihre Eltern niemals erwachsen worden wären.«

Rohming blickte beiseite, so daß sie seine Augen nicht sehen konnte. Gleich darauf hatte er sich wieder im Griff.

»Alex hatte sein Haus direkt an den Fluß gebaut. Das war schon während unserer Schulzeit sein sehnlichster Wunsch gewesen: ein Haus am Fluß. Er sagte immer, daß der Fluß seinen Geist anregen würde.«

Sekundenlang spielte ein Lächeln um Rohmings Mund. Die junge Frau erwiderte es automatisch, bis sie begriff, daß dieses Lächeln nicht ihr galt.

»Damals hatte ich ihn davor gewarnt, an dieser Stelle zu bauen, doch er hat nur gelacht. Heute weiß ich, daß er recht gehabt hat. Zumindest insofern, daß es gegen das Wasser keinen Schutz gibt. Außer man baut sein Haus auf einen Berg. Aber wer tut das schon?«

Ein Mann um die Dreißig stiefelte an ihnen vorbei und versetzte Rohming einen freundschaftlichen Klaps auf die Schulter. »Grüß dich, Lorenz.«

Rohming erwiderte den Gruß mit einem knarrigen Murmeln, das freilich nicht unfreundlich klang. Der Mann war beinahe an der Tür, als er sich nochmals halb umdrehte und der Frau einen interessierten Blick zuwarf. Sie nahm ihn wahr, ohne eine Miene zu verziehen.

»Sie waren wohl gute Freunde?«

»Bei Gott, das können Sie laut sagen. Ich kann mir keinen besseren vorstellen als ihn.«

»Und wie ging es dann weiter? Was passierte mit dem Wasser?«

»Wissen Sie, warum der ›Alte Hase‹ meine Lieblingskneipe ist?« fragte Rohming sie unvermittelt, als hätte er ihre Frage überhaupt nicht gehört.

»Nein«, erwiderte die Frau und sah ihr Gegenüber irritiert an.

»Weil es wahrscheinlich die einzige Kneipe weit und breit ist, in der es noch einen Spucknapf gibt.«

»Ah ...«

Unsicher, ob er sie nur auf den Arm nahm, schaute sie auf den Spucknapf, wandte ihren Blick jedoch ekelerfüllt sofort wieder ab.

»So ein Spucknapf ist viel wert.«

»Wieso? Wie meinen Sie das?«

»Im Auswurf eines Mannes kann man seinen Charakter erkennen.«

»Seinen Charakter? ...« Sie zögerte, überlegte, ob sie das Interview abbrechen und einfach gehen sollte. Als sie in seine Augen sah, blieb sie. Eine Pause entstand. Langsam leerte sich die Gaststätte, in einer halben Stunde begann die Mittagsruhe.

»Wir brachten die wichtigsten Sachen nach oben. Nachher, als es geschehen war, wußte ich, daß wir uns das alles hätten ersparen können. – Es dauerte nicht lange, bis das Wasser kam. Mein Haus lag in einem kleinen Tal, direkt an einem Wald. Der viele Regen hatte den Boden vollkommen aufgeweicht. Wie stark, erfuhren wir jedoch erst, als der Baum gegen das Haus krachte. Man hätte meinen können, der Allmächtige selbst wäre vor der Tür gestanden und hätte angeklopft. Alex und ich schauten uns an, sagten aber nichts. Wir wußten auch so, daß das Ganze nicht so verlief, wie wir es uns vorgestellt hatten. Oder zumindest erhofft. Eine knappe Stunde später kam die Lawine.«

»Eine Lawine?«

»Ja, eine Schlammlawine. Es begann mit einem dumpfen Grollen, das immer lauter wurde. Sekunden später wackelte das ganze Haus, Glas splitterte, wir wurden auf den Boden geschleudert. Ich muß kurz das Bewußtsein verloren haben. Als ich wieder zu mir kam, lag ich in kniehohem Schlamm und Morast. Ich schaute zu Alex rüber, aber an seiner Stelle lagen ebenfalls nur Schlamm und Teile des Mobiliars. Ich rappelte mich auf und kämpfte mich zu der Stelle durch, an der er kurz vorher noch gestanden hatte. Kaum dort angekommen, hörte ich einen unterdrückten Schrei. Er kam von außerhalb des Zimmers. Ich stürmte hinaus, soweit das überhaupt möglich war, und dann sah ich ihn.«

An dieser Stelle unterbrach Rohming seine Erzählung, der die Frau gebannt zugehört hatte. Aber sie schwieg, wußte instinktiv, daß sie ihm Zeit lassen mußte. Während er sich gleich darauf ihr wieder zuwandte, wischte er sich mit einer schnellen Handbewegung über seine Augen.

»Er hing mit seiner linken Hand am Geländer der Treppe, deren unterer Teil von der Schlammlawine weggerissen worden war. Den rechten Arm konnte er offenbar nicht mehr bewegen; er hing wie abgestorben an seiner Seite. Während ich mich bemühte, mich zu ihm durchzukämpfen, starrte er mich mit weit aufgerissenen Augen an. Mir war sofort klar, daß er nicht mehr lange durchhalten würde. – Nun, ich erreichte ihn, aber im selben Moment verließ ihn die Kraft. Er flog hinunter in den Schlamm und prallte mit seinem Hinterkopf genau auf die aus dem Morast herausragende Platte des Marmortischs.«

Rohming starrte mit geballten Fäusten ins Leere. Die Frau schaltete das Tonbandgerät ab und verstaute es leise in ihrer großen Handtasche. Danach blieb sie einfach sitzen und schwieg. Doch die Stille hielt nicht lange an.

»Wir machen jetzt Mittagspause«, sagte die schlanke Wirtsfrau, die an ihren Tisch getreten war. »Oder magst du noch was trinken, Lorenz?«

Es dauerte ein wenig, bis Rohming sie wahrnahm und dann müde den Kopf schüttelte. Bevor er es verhindern konnte, ließ sich die Frau die Rechnung geben und bezahlte. Gemeinsam standen sie auf und verließen den »Alten Hasen«. Draußen auf dem Gehweg verabschiedeten sie sich voneinander.

»Es tut mir leid, was mit Ihrem Freund passiert ist.«
»Es ist zwanzig Jahre her.«
»Trotzdem.«
»Das Wichtigste habe ich Ihnen dabei noch gar nicht erzählt.«
»Das Wichtigste?«
»Ja, das Wichtigste.«

Offenkundig etwas verwirrt von dieser Bemerkung, schien die Frau zu überlegen, ob sie das Tonband nochmals aus der Tasche holen sollte. Schließlich ließ sie es bleiben.

»Und das wäre?«
»Ich hatte ihn bereits an der Hand, bevor er hinunterstürzte.«

Falsche Farbe, falscher Platz

Das Rot paßte nicht hierher. Thomas blieb stehen. Vor ihm bohrte sich die kleine halbkreisförmige Lichtung in den Mischwald. Er liebte diese Stelle, ihre Einsamkeit, die ihn aufnahm gleich einem Wattebausch, der ihn vor aller Unbill des Lebens bewahrte. Aber das Rot störte. Thomas fuhr sich mit der rechten Hand durch sein gelglänzendes Kurzhaar. Ein kurzes Brennen erinnerte ihn an die kleine Schnittwunde in seiner Handinnenfläche.

Einen raschen, sichernden Blick in die Runde werfend, näherte er sich diesem klaren Rot, das aus dem Laub hervorlugte. Thomas spürte instinktiv, daß er sich einem Problem näherte. Einem gewaltigen Problem. Daß es sich bei diesem Rot um einen achtlos weggeworfenen Gegenstand handelte, schloß er aus.

Als er schließlich vor dem Rot stand, wußte er nicht, was er tun sollte. Die Sonne kochte seinen Rücken und verwandelte den Schweißfilm, der sich bereits vor Minuten auf seiner Haut gebildet hatte, in viele kleine Bäche. Trotzdem fror ihn. Das wiederum, war ihm klar, rührte von diesem Rot her, das hier nicht hingehörte und ohne die Lackierung durch die Sonnenstrahlen dunkler wirkte. Bedrohlich dunkel.

Behutsam stieß er schließlich mit seiner rechten Schuhspitze gegen das Rot. Weißes Leder traf auf rotes Leder. Thomas wußte, daß es zu einem roten Schuh gehörte, daß es dessen Fersenrücken war. Die Hitze in seinem Rücken verschweißte sein Hemd mit der Haut. Er war versucht, den Stoff von der Haut wegzuziehen, um die klebrige Kühle zu beseitigen, ließ es aber schließlich bleiben, weil er unvermittelt Angst davor bekam, noch irgend etwas anderes damit auszulösen.

Statt dessen begann er, mit seiner Schuhspitze das rote Leder freizuschaufeln. Tatsächlich war es ein Schuh. Ein Frauenschuh. Ein leichter Sommerschuh. Es dauerte nicht lange, bis auch der dazugehörige Fuß freigelegt war. Eine nackte Wade mit glatter Haut, deren junge Reinheit nur von trockenen Erdbröseln gestört wurde. Erst jetzt fiel Thomas auf, daß es um ihn herum vollkommen still war. Um *sie* herum. Er war ja nicht mehr allein, auch wenn die Frau nie mehr mit ihm reden würde, die da unter dem Laub begraben vor ihm lag. Warum pfiffen die Vögel nicht, sangen nicht ihre Lieder? Es war doch hellichter Tag. Sangen sie nicht, weil es der falsche Ort war? Weil es nicht hierherpassen würde, genausowenig wie das Rot hierherpaßte?

Thomas beugte sich zu der Frau hinunter und begann, sie aus dem Laub zu schälen. Ein hochgeschobener Minirock gelber Farbe kam zum Vorschein, der seinerseits den Blick auf einen zerrissenen Slip freigab. Thomas war sich sicher, daß die Frau noch keine Zwanzig war, also nur wenig älter als er selbst. Das Gelb des Minirocks machte einem ebenfalls zerrissenen Shirt in sattem Wiesengrün Platz, besprenkelt mit unterschiedlich großen roten Flecken. Nein, die gehörten nicht hierhin, das war kein Stoff, das war – Blut. Beinahe hätte er das Knacken des Astes überhört. Trotzdem war es zu spät, stand der Mann bereits nur noch drei, vier Schritte hinter ihm, als Thomas sich umdrehte.

»Was ist denn hier los?« fragte der Unbekannte Thomas mit barscher Stimme. Auf den ersten Blick sah er aus wie ein Wanderer, der zufällig hier vorbeigekommen war. Und gerade des Zufalls wegen nicht hierherpaßte. Er mochte um die Vierzig sein, hatte dichtes schwarzes Haar, einen Schnauzer und tiefliegende dunkle Augen. Ob sie schwarz waren oder braun, konnte Thomas nicht mit Sicherheit sagen, denn die Sonnenstrahlen umrahmten ausgerechnet den Kopf des Fremden und blendeten ihn. Trotzdem oder vielleicht gerade deshalb erkannte Thomas an seiner Silhouette, daß er groß und kräftig war. In seiner rechten Hand hielt er eine schwarze Ledertasche. Was hatte der Mann hier verloren? Noch nie war hier jemand gewesen, seit Thomas diesen Platz für sich entdeckt hatte. Auch führte kein Feldweg oder ähnliches hierher. Um hierher zu gelangen, mußte man es wollen.

»Ich – ich ... da liegt eine Leiche!« haspelte er endlich eine Antwort.

»Das sehe ich auch«, schnarrte die Stimme. Thomas meinte ein unsicheres Flackern in dieser durchaus angenehmen Stimme herauszuhören. Man mußte es wollen! Diese Entdeckung ging ihm nicht aus dem Sinn. Warum in aller Welt kam dieser Fremde ausgerechnet hierher? Konnte es dafür vernünftigerweise nicht nur einen einzigen Grund geben? Thomas schluckte trocken und hatte Angst, der andere könnte es sehen, könnte seine Angst sehen, die in Sekundenschnelle abwechselnd Hitze- und Kälteschauer über seinen Rücken jagte.

»Ich – ich war es nicht!« sagte Thomas, doch er hörte selbst, daß es nicht überzeugend klang. Nicht fest genug.

»Na klar warst du es nicht«, sagte der Fremde – und trat endlich aus der Sonne, die ihm eine Art Heiligenschein verliehen hatte. Thomas' Augen mußten sich erst an die veränderten Lichtverhältnisse gewöhnen. Gleichwohl bemerkte er, daß der Mann nicht direkt auf ihn und die Leiche zukam, sondern in einem kleinen Bogen. Hatte er Angst? War er einfach nur mißtrauisch? Oder hatte er einen Plan? Man mußte es wollen: hierherkommen!

»Wirklich, ich war es – ich habe sie eben erst hier gefunden«, setzte Thomas nach, als könnte das seine Glaubwürdigkeit erhöhen. Der andere ließ ihn nicht aus den Augen. Was hatte er vor? Thomas wich nun seinerseits einen Schritt zurück.

»Und wie kommt es dann, daß ausgerechnet du sie hier gefunden hast?« wollte der Fremde wissen. Dabei warf er einen sichernden Blick in die Runde. So wie er, Thomas, es vor ein paar Minuten noch selbst getan hatte. War der Mann zu diesem Zeitpunkt schon dagewesen, versteckt hinter einem Baum, und hatte ihn beobachtet? Schweißgebadet überlegte Thomas, welche Chancen er hatte. Zwar schien der Mann keineswegs eine Lusche zu sein, doch er selbst war sportlich genug, um es mit den meisten aufnehmen zu können. Nicht umsonst war er der Schwarm vieler Mädchen, auch wenn es dann meistens …

»Ich habe dich was gefragt!« blaffte der Mann ihn an. Um sogleich abermals sichernd in die Runde zu blicken. Thomas spürte die immer größer werdende Gefahr, die von ihm ausging.

»Ich – ich … habe … bin immer hier«, brachte er schließlich mühsam hervor.

»Was soll das heißen?« setzte der Mann nach, während er Thomas mit einem Handzeichen aufforderte, noch weiter zurückzutreten. Thomas kam dieser Aufforderung nach und überlegte zugleich, was er tun sollte. Das Ganze begann ihm über den Kopf zu wachsen. Und genau dieses Gefühl haßte er.

»Das hier ist mein Lieblingsplatz«, erwiderte er und war erleichtert darüber, daß seine Stimme nun fest und sogar leicht verärgert geklungen hatte. Ihm wurde klar, daß er dem anderen seine Angst nicht zeigen durfte, ansonsten er verloren war.

Der Fremde, der sich unterdessen zu der Leiche hinuntergebeugt hatte, blickte kurz zu ihm hoch. Dann legte er das von halblangem blonden Haar umrahmte Gesicht der Frau frei. Der Zufall wollte es, daß dieses Gesicht genau Thomas zugewandt war. Thomas zuckte zusammen. Er kannte diese Frau.

»Was ist los mit dir?« fragte der Mann, dem Thomas' Reaktion offenbar nicht entgangen war. »Kennst du sie?«

»Nein – ja – ich meine …«

»Was nun? Ja oder nein? Das dürfte ja wohl nicht schwer zu beantworten sein!«

»Ja – ja, ich kenne sie«, gestand Thomas dem Unbekannten ein. »Aber nur flüchtig.«

»So, so, nur flüchtig«, murmelte der Mann. Aus einem unerfindlichen Grund erstaunte Thomas dieses Murmeln. Doch bevor er weiter darüber nachdenken konnte, fragte der Mann ihn unvermittelt: »Kennst du mich?«

Der Blick, den er Thomas bei dieser Frage zuwarf, brannte auf dessen Gesicht.

»Nein – nein«, versicherte Thomas ihm mit einer Stimme, die bereits wieder nicht mehr so fest klang. Dabei fühlte er, wie er innerlich immer wütender zu werden begann. Am meisten auf sich selbst. Weil er die Kontrolle über all das hier verlor, das nicht hierhergehörte.

»Und wie geht's nun weiter?« fragte der Mann. Doch statt eine Antwort Thomas' abzuwarten, griff er plötzlich in seine schwarze Ledertasche. Da war Thomas klar, was er zu tun hatte.

Schwer atmend legte Thomas sein Messer beiseite. Ein Blick in die Runde zeigte ihm, daß alles in Ordnung war an seinem Platz der Einsamkeit, den er so liebte. Für einen Augenblick lang vermeinte er das Pfeifen eines Vogels zu hören, mußte dann aber erkennen, daß er sich getäuscht hatte. Dafür stachen die Sonnenstrahlen nunmehr direkt auf ihn und die beiden Leichen vor ihm auf den Boden. Es war an der Zeit. Entschlossen packte Thomas das blutverschmierte Messer und begann, ein Loch in die Erde zu schneiden. Ein großes Loch. Und tief genug mußte es sein. Das mit dem roten Schuh durfte ihm nicht noch einmal passieren. Das Rot paßte einfach nicht hierher, es hatte hier an seinem Platz schlicht und einfach nichts zu suchen.

Ein guter Rat

Nach der Trennung, die sie nicht gewollt hatte, sagten sie zu ihr, sie solle ihn vergessen.

»Nach jedem Aufwachen wirst du dich an weniger von ihm erinnern.«

Sie hatten recht. Fünfzig Jahre später hatte sie ihn vergessen. Nur wachte sie da nicht mehr auf.